故乡印记

周济贫◎著

安徽师范大学出版社
ANHUI NORMAL UNIVERSITY PRESS
·芜湖·

图书在版编目(CIP)数据

故乡印记 / 周济贫著. — 芜湖:安徽师范大学出版社,2023.11
ISBN 978-7-5676-6345-9

Ⅰ.①故… Ⅱ.①周… Ⅲ.①散文集—中国—当代Ⅳ.①I267

中国国家版本馆CIP数据核字(2023)第211833号

故乡印记 周济贫◎著

责任编辑:潘 安 责任校对:赵传慧
封面题字:钱光东 封面摄影:刘成瑞
装帧设计:张德宝 责任印制:桑国磊
出版发行:安徽师范大学出版社
芜湖市北京中路2号安徽师范大学赭山校区 邮政编码:241000
网 址:http://www.ahnupress.com
发 行 部:0553-3883578 5910327 5910310(传真)
印 刷:苏州市古得堡数码印刷有限公司
版 次:2023年11月第1版
印 次:2023年11月第1次印刷
规 格:700 mm × 1000 mm 1/16
印 张:13
字 数:200千字
书 号:ISBN 978-7-5676-6345-9
定 价:49.00元

水墨家园　　（李渝珍 摄）

绿水青山　　（周逢庆 摄）

千山水库日落　　（童根莲 摄）

旭日东升　　（陈明庆 摄）

乡土的绝唱，岁月的回响

——序济贫先生的新著《故乡印记》

出了两本诗集的济贫先生，近年写起了散文。此前只知济贫的诗有些不同一般，没想到写起散文，也是这般驾轻就熟，手到擒来。

《故乡印记》，在写人、叙事、达情上，已把散文该做的功课都做到了。

诗与散文，文体不同，思维逻辑与表现形式，就像舞台追光灯与广场高杆灯，虽同为灯类，但一开始就有各自的出发点，带有指向性。中国是诗歌大国，诗歌是中国文学的根脉与源头，《诗经》、《楚辞》、汉乐府、唐诗、宋词……绵延不绝；中国更是散文大国，散文是中国文学的精神与脊骨，《尚书》《论语》《史记》《汉书》《出师表》……天下纵横。诗歌不是分行的散文，散文也不是连句的诗歌，一个写作者，能同时把诗歌与散文都写得出色，实不多见。

而济贫，就是这“实不多见”中被我看见的一位。

《故乡印记》写了什么，表达了什么？济贫熟练地调动散文开放、包容、含蓄、多维的特质，让《故乡印记》既具有了明晰的主题指向，又嵌入了模糊的艺术美学。人物，在文字中游走；情感，在句读中流淌；故事，鲜活而生动地演绎；思辨，理性而有节制地展开。与诗歌里的济贫不同，散文里的济贫，已从诗歌背面的隐忽，策马而出，直接把自己编织进了散文的现场。从这个意义，把《故乡印记》定义为一部散文体自传，完全是有理由的。当然，说《故乡印记》是乡村精神文化的再现与重构，或是一部乡土人物志、一幅乡村百态图，又或是乡村过往线性变化的纹理，再或是传统农耕文明热切地回望，等等，也是完全有理由的。

一部散文书写，能让读者生发如此多的感应联想，虽不能达到“一千个读者，就有一千个哈姆雷特”，但能达到“一千个读者，就有十个故乡印记”，也就够了。

好吧，不说闲话，是时候翻开《故乡印记》了。

“高塘叶村是高岗之上水塘旁边的叶家村子之意（其时全村叶姓只有一家），前面的几个定语不能省去，那才是原汁原味的表达。不知什么时候，什么人图省事，抑或嫌‘高塘叶’三个字土气，改成了‘叶村’。村庄连接着祖先的脉搏，是一方历史、地理、人文诸多方面的结晶，有特定的内涵。”（《我的家园，我的乡亲》）看似不紧不慢、不温不火的叙述，却分明使人感受到作者写作时内心深处的潮卷潮涌——无奈、隐忍、不满、愤懑。“什么时候”“什么人”“抑或”，诘问的浪飞叠进，情绪的激昂上扬，看样子，讨要说法，讨要理由，不给解释，绝不“收兵”。然而，接下来，济贫笔锋一转，潮头按捺，一句“村庄连接着祖先的脉搏”，“是一方历史、地理、人文诸多方面的结晶”，从理性的层面，化雷霆为细雨，在风平浪静中让人理喻。表面看，这种风平浪静与上一秒的浪飞叠进判若冬夏，但其实，上一秒的浪飞叠进只是被作者隐进了此刻的风平浪静，风平浪静的表面，实则是对“那才是原汁原味的表达”的“那才是”予以坚执而有力的声援与证明！点燃情绪，驾驭情绪，引入理性，引发共鸣，这是散文的通则，也是济贫对散文写作的理解与有效把控。《故乡印记》中大量的篇章，都具有这样的波涛起伏，情绪跌宕；都有着济贫式的藏锋敛锐，张弛收放。

我欣赏济贫作文时这种从容淡定谈笑间的人文精神与气质风格。当然，这是需要修炼的，写作方式方法的修炼，人生淡泊明志的修炼。还有，修炼的初衷与路径也很重要，如若偏离了修炼的方向，故事的结果，大约也只能是南辕北辙。

好在济贫在为文修炼与为人修炼上，一开始便认准了正确的初衷与正确的路径。

济贫的散文，从文本特点来看，一个突出的特点，就是关键词在起着关键作用。“一晃我们在城里已生活好多年了，每当看到城里一些人和事，总要将其和家乡相关的人和事联想起来。这不，看看日历，过了春分便是清明节了。今年，我一定要回老家看看。”(《春分时节忆故乡》)农耕文化的浸润，是血脉里洗不去的基因，春分之后是清明，“我一定要回老家看看”。“我”“一定要”“回老家”“看看”，主体的我，心念执着，去向唯一，目的单纯，被这些关键词高挑成桅杆上激荡人心的风帆。从初华的春分，到情感的清明，那些丝丝心灵的感念，精神的挂牵，生命的联通，根脉的永恒，就被这一句风痕般的句子，先轻后深地刻在了读者的心头。

把深情镶入文字，把景情化为意境，善用文学的调色板，释放忧伤的美丽，是济贫散文又一特色。“家家门口有个小院落，晒点东西，养点家禽家畜，堆点柴草，宅边是菜园，方便得很，有的人家灶下点火了，到菜园里拽把菜下锅都来得及，勤快的人家，菜园里瓜果蔬菜随着季节变化而次第不断。”(《我的家园，我的乡亲》)简简单单、平平常常几句话，场景、状态、动作、感受，一下子就融汇起来，流动起来。人人心里有个故乡，人人心里有个家园，人人都有眼前或心底的父老乡亲。写故乡，写家园，写乡亲，这样的散文，好写，在于都是自己的亲历，素材就在自己的手边；难写，在于这样的素材每个人都有，写着写着，就挤到了一条道上，同质化，“炒现饭”，少特点，缺新意。而《我的家园，我的乡亲》，强方位感、重条理性，随手写意、深耕细节，村庄的物理脉络、人事的谐趣呼应、故事的适时切入、情感的节制宣泄，一切非写不可，一切引人入胜，一切的一切，最终构成一幅乡土版“清明上河图”。村里通电，钱大爷不相信电的厉害，以身试电，被电打得从茅屋跌落下来。“钱大爷隔壁是谢大爷，谢大爷种田达到精致等级”，“耘田一般人家是耘一到两次，他的田里耘草达五遍以上”，“直到去世那一年，还在拖板车，我爱人远远看见他拖着拖着人就一下倒在地上，在地上怎么也站不起来。我妻子上前把他扶起来，让他别拖板车了，他说：‘我慢慢走，把这点东西拖回家。’之后几个月，谢大爷便去世了。”老一辈农民的朴实、勤苦，对土地天然的亲人般的情分，对只要能动就要去劳动的执着，令人怦然心颤。生产队长老沈，公平公正，吃苦在先，评定工分，不分亲疏，只认劳动量，没少得罪人，“但是到年底选队长时，大家还是选了他，他总是全票当选”。“周二爷为人实在”，“每行秧就像画线一样平正，横竖间距一样，每棵秧苗根数几乎一样”。“周三爷家背后有一片绵延高岗，宅前有高塘叶大塘，谓‘前有明塘，后有靠山’，搬到此地建房后，添了个男孩，叫‘小龙’，‘小’字表示谦虚之意。”“我们挑秧用筐子，他用稻箩挑，他挑一趟抵我们两趟。晚上评工大家要给他加二分工，他坚决不受，要和大家一样的工分。”这样的周二爷周三爷，已从济贫的文字里站起来，何须我们再赘一言。还有，家住村子最北面的汪老，村子中间和善的“龚奶奶”“邹奶奶”，“往东去几十米”的宇大爷家，村子东边的老宋家，村子东北边的王二哥家，村子最东边的叶局长家，高塘叶村南边一华里名叫“山头上”村子最南边的花大哥家，以及村里的何老表、傅大爷、全老表、谢二爷、马三爷……都在济贫的笔下，在济贫的散文里，重新聚在了小小的高塘叶村，寒耕暑耘，秋收冬藏，安贫守道，相呴相济，散发出人性的光芒！只是，这些被永远遗落在了时间的来路。幸好，“我们村子还留下了两件东西作为纪念”，一件是“一棵老柏枝树”，一件是“一条以高塘叶村命名的道路”。几多乡愁，苦苦寻觅，倾诉于笔端，留待子孙后代。

《碧水青山傍我家》，舍弃住了九年的新房，迎来兴建的工业园区；《梦回故里忆芳邻》，“南陵周奶奶”善待繁昌灾民，近七十年，三代人，音讯相继，情深义厚，“百万买宅，千万买邻”；《祖母的“古话说”》，乡土的智慧，一忽让人沉思默想，一忽又让人忍俊不禁；《阳光小区夜市》，农民进城，适俗随时；《徐家大老表》，底层民众的精神样本；《一枝能否寄泉台——追忆项兴甫君》，笔随心走，心细如尘，项君形象跃然纸上，立体传神；《大工山的东南西北中》，单篇五千多字，大思路、大立意、大文化、大布局、大谋篇、大意境，字里行间，山泉般自由叮咚。

济贫的散文，与他的诗歌一样，都是带着真情实感，听从内心的召唤，一字一句从心底流淌出来的。好看、耐读，是这部《故乡印记》最准确的推介词。当然，从散文写作技术的层面，济贫先生还有可以提升的空间。我们期待着济贫的散文创作，在原生写作、心性写作取得成功的基础上，适时、适当注入技术因子，使笔下的散文之花，开得更加摇曳多姿，灿若云霞。

罗光成

二〇二三年五月

（罗光成，中国作家协会会员、中国散文学会会员、中国报告文学学会会员、安徽省报告文学家协会副主席、安徽省散文随笔学会副会长、安徽师范大学兼职教授、南陵县社科联主席、报刊签约专栏作家。作品见《小说选刊》《散文百家》《散文选刊》《雨花》《奔流》等期刊。多篇作品收录于《安徽文学年鉴》和“中国作家书系”。）

一代人有一代人的“清明上河图”

拿到书稿，我随意读起来。本打算顺带看看，哪知一捧起书就一头扎进去了，一直读到黄昏过去，蓦然抬眼，窗外已是万家灯火。作者笔力雄健，行文晓畅，叙事亲切，确实打动人、感染人。

一代人有一代人的成长路，一代人有一代人的“上河图”，朝朝暮暮的奋斗，零零散散的遇见，都是独此一份的生活体验与际遇。如：遇过大难差点饿死的钱大爷，开了九次小差、逮到过一条12斤大青鱼的宇大爷，喜欢说故事的黄二爷，去外地插秧被高手挑战的周二爷，比别人早早下田干活但绝不多要工分的周三爷，受过冤屈的老汪，一起为村集体买拖拉机的老宋，毫无架子的退休的叶局长，扛毛竹、吹哨子的花大哥，和后辈比试身手的老人，放学后帮老师种地的朴实勤劳的农村学生，从战场回来、喝多了就会大喊“卧倒！敌机来了”且真的立即往地下一趴的老复员军人，向往知识、尊敬知识、与作者成为忘年交的老木匠……他们的形象栩栩如生，他们构建起作者的人际关系和精神世界。

记忆如大浪淘沙，作者暮年用笔回忆，捡到的是闪闪发光的贝壳，以情统摄写作，为读者带来不少饱蘸情感的好故事。如写忘年交的友好：“汪先生去世26年了，这个晒鞋架子我们至今还在用。”晒鞋架子犹如此，人何以堪？做了4年的童年玩伴碧珍和必华，作者写下了自己多次寻找对方的心路历程。

写对自己有知遇之恩的老书记，令人印象深刻。写退休干部叶局长，对一些农户借了自己一年多而还未归还的东西，认为“那是他家目前可能还不上，到时他自然会还的”。另外，这位老干部一辈子反对利用自己的职务关系为儿子找城里的工作，让儿子老老实实种田，令人肃然起敬。

不仅是别人的形象在作者笔下立了起来，作者在回忆的长河里，不时描画自己是个什么样的人。做孩童，作者被蛇咬伤后，仍敢把手伸进黄鳝洞，是为勇；当干部，农户生活困难，作者和几个村干部每人出点钱代缴欠款，资助部分读书费用，这是仁；做教师，大雪压倒学校教室，作者镇定指挥50多名学生两个两个地出去，学生走完自己才最后跑出教室，这是义。挖掘生命的意义，我认为这也是作者特别想做的。

人是历史与文化的一部分。尽管作者很克制，但我仍然深深感受到世事及文化变迁对个体命运的影响。“农家女儿就是这样风雨里去、泥巴中来”，风轻云淡，却又恍然如梦，这是多么朴素的世界观。但是，村民也有村民的逻辑，相处就是邻居，就当好邻居对待。

一个人一辈子波澜壮阔也好，水波不兴也好，人人都徜徉在自己心中的“清明上河图”里，他遇见的每个人都在长卷中，只是，画这幅画的不仅仅是他本人。等到晚年有闲，回头瞧瞧自己的“上河图”，正如作者所言：别忘了这些老乡亲。

乡愁永恒。在作者的高塘叶村，有一棵枝繁叶茂、亭亭如盖的老柏枝树，如果读者读完全书，感到怅惘，去看看这棵老树，也算是安慰。

潘务正
二〇二三年四月

（作者简介：潘务正，安徽师范大学文学院教授、博士生导师，中国诗学研究中心专职研究员，安徽大学桐城派研究中心兼职研究员，中国辞赋学会副秘书长、常务理事，南京大学文学院《清代文学研究集刊》编委。）

目　录

第一编

第二编

第三编

第四编

第五编

第一编

住在舅舅家读三小

我舅舅家在南陵县城西门郊区叫柏枝树的小村子，这个村名很有诗意，村里应该有过一株或多株柏枝树。当时南陵县城关第三小学（简称“三小”）离他家不到一里，是很近的。我家在离县城几十里的工山公社栗阳大队，那时每个公社只有一所小学，学校离我家较远，且乡村小路崎岖，尤其雨雪天气，路况不好，小孩是不易走的。我8岁那年，家里把我送到县城舅舅家上三小，读一年级。那个年代没有什么学前班，报名前几天，家里教我认了20个字，“大小多少、上下来去”之类，数数要数到20，这是报名入校的两个条件。我提前三天被送到舅舅家，大舅在中学当教师，小舅、小舅母在家务农，家里还有外婆、外婆的婆婆，他们几个人轮流培训我、测试我。我也够笨的，经常数到10便要停下来想一想，不够利索。报名那天小舅母领我去，一个姓叶的个子不高的女老师测试我，先让我认了字，又写了几个字，数数时我数得特别好，声音清脆，一气呵成。报上名了，小舅母特别高兴，回家赶紧向大家说了，全家都夸我有出息。从此，我就在三小读书了。

每天吃过早饭，背个小书包去学校，书包里有语文、算术两本书，还有两本作业本；中午回舅舅家吃午饭，下午又去，直到放晚学；周六下午、周日不上课，母亲或者祖母便来接我回老家。那时念书很快活，没什么作业，特别是低年级，上课听听，中午或放晚学后做一会儿作业，任务就完成了。放晚学回家后，是最快乐的时光，有许多有趣的事可干：去簧塘桥河边挖黑土做手枪，去田沟里摸小鱼，去塘边采荷叶荷花，用弹弓打麻雀，和同学下石头棋……

那时候最喜欢跟邻居家一个叫小昭子的小姑娘去放牛。她比我大三四岁，因其父亲去世了，便去放牛。我那时看打仗的电影里有战士骑马冲锋的镜头，觉得非常雄壮，没有马可骑，但有牛可乘，我便让小昭子托我爬上牛背。小昭子牵着牛，牛吃着草，我骑着牛，慢慢地走，我想让牛走得快些，小昭子坚决不同意，说："你在家里是惯的，把你摔下来，可不得了。"过了几天，放晚学我直接到小昭子放牛的草滩子上，请她托我上牛背骑一会儿。我刚骑上去，小昭子母亲喊小昭子回家有点事，因为放牛的草滩子就在村边，离她家不远，小昭子警告我说："你骑好了，把牛绳子给你，不要乱动，我马上就来。"我一看她走了，立刻坐好身子，把牛绳子像电影上抖马缰一样，拎了几下，对牛喝道："走！快点！"牛倒还听话，开始走了，但太慢，我一摸身上有书包嘛，便用书包拍打牛屁股，像电影中战士用马鞭抽打马屁股一样。开始牛不睬，不断地拍打它，它火了，突然大叫一声，一耸脊背，跑了起来，牛背上光溜溜的，无处可抓，一下子把我掀了下来。小昭子赶来，从烂泥巴里把我拉了起来，埋怨一番。我回到舅舅家，免不了受责。还好，骨头没摔坏，几处皮外伤而已，就是一本语文书被甩出了书包，被老牛一脚踏进泥巴里，不成样子了，第二天小舅母带我到新华书店买了一本语文书。从此，小昭子再也不让我骑她放的牛了。

还有一件事，我也喜欢做，就是帮小舅摘香瓜。小舅除了种田外，年年都种一园子的香瓜。种瓜很辛苦，瓜秧子栽下地后，除草，防虫，施肥，浇水，特别是天旱时，浇水是早一遍、晚一遍；但雨水过多，瓜藤子会烂，结出的瓜也不甜，泛水味。晴天多，长的瓜好吃，就是人辛苦得很。六七月是香瓜上市的季节，小舅每天早上天不亮就打着电筒去摘瓜，也叫下瓜，他说头天晚上下瓜，第二天卖不够新鲜。小舅摘瓜，我就帮他用竹篮拎着瓜运到瓜园外边大篮子里。香瓜有时熟透开裂了，远远就能闻到浓浓的香味。小舅种的是小麦籽瓜与黄香梨瓜两个品种，是当时的好品种。渐渐地，小舅也让我帮他下瓜。他告诉我，用手捺捺瓜蒂那头，稍软的可摘，硬硬的就没成熟。太阳出来时，瓜已摘好，我吃了早饭去上学了，小舅和小舅母挑着瓜上街去卖。吃晚饭时他们有时会奖励我一毛钱，夸我会干活，那时一毛钱可以买几个早点。

我在三小上学两年，与小舅相处机会多。只要不上学，我就喜欢与小舅一起，看他栽秧割稻、种菜挖藕，都很有趣。小舅是民兵，配发了一支长长的大枪，每当民兵训练，小舅扛着枪，威风得很。回到家我也把枪背一下，一会儿小舅就把它收起来，叮嘱我不经他同意别动他的枪。

小舅晚年就喜欢到我家去，那时小舅母已经去世，我陪他喝点酒，说着当年我在他家读三小的事。临走我买点香烟送给他或是给他一点钱，他像夸我小时候一样，夸我有孝心。

还有小舅的奶奶，我称呼老太太，当时年近八十，我晚上就和老太太睡一张床。老太太很慈祥，经常告诉我要好好念书，争取将来要像大舅（她大孙子）那样当先生，做个有出息的人。老太太喜欢要我陪她打一种叫“接龙”的扑克牌，打完牌，老太太会拿两毛钱，让我去小店买点零食吃。有时因事上学迟了，我怕老师批评，便不想去，老太太拉着我的手说：“别再说了，我送你上学去。”我至今还记得老太太扶杖携我而行的样子。

我升二年级了，大家都夸我读书用心，没有留级，其实那时书好读，无须费心费力，我一大半心力都玩在课外了。大舅从学校回来，检查我作业，翻看了一会儿，说还可以，但字写得不整齐。大舅说：“给你加个作业吧，你写封信给你爸爸，我写个稿子，你抄下来就行了。”大舅写了两行字，我抄了三遍才被认可，记得内容大概是：“爸爸，您好，家里一切都好，我好好学习，天天向上。”我父亲那时在宣城学习，后来，我还真收到了父亲的回信。

1959年国庆节前夕，大舅从学校回家，照例看了我的作业，问了我的学习情况，接着他问我喜不喜欢唱歌，可以和他一道唱一首歌，我感到挺新鲜的，我在学校学过《东方红》《找朋友》等歌曲。大舅唱的是《桂花开放幸福来》，那歌很好听，当时很流行。原来是他们学校国庆要演出，他有大合唱任务，因缺乏文艺细胞，他担心唱不好，特地回家来练。我以前没听大舅唱过歌，只晓得他整天做数学题、备课。我跟着唱了一会儿，大舅对我说：“你玩去吧，以后再唱。”我知道我跟不上谱，还跑调，赶紧退出，转身拿起弹弓打麻雀去了。大舅一直练到吃晚饭，这事我印象深。大舅恐怕就那么一次参加演唱，后来我再没看到或听到他参加文艺类活动。

大舅是个和善的人，是优秀的数学教师，也是称职的教育教学工作管理者。原先我对他是敬而远之，有些惧他，因为我数学成绩不好，见他便忐忑，特别是我进入南陵中学后，大舅教我数学，我越怕越不喜欢这门课，越不喜欢成绩越不行，就不敢去大舅家，就生疏了。我工作以后倒是常到他家看望他。我退休后开始写格律诗，大舅八十多岁了，也喜欢写诗，我便常与他谈诗，我们成了诗友。我写了一首诗呈送他：

儿时失怙举家难，启智从师问道虔。
数论园中寻乐趣，微分苑里采芝兰。
呕心授业郡乡赞，润物倾情桃李喧。
夕照熔金多绚丽，一生无悔是春蚕。

他也写一首回我：

济贫好学又聪明，自我钻研多样能。
土地耕耘称里手，诗词写作位高层。
为官清正乡间赞，从教辛勤弟子红。
古老工山多贡献，人才辈出夺先声。

我提出，第二句中“位”字改为“逐”字，第三句中“官”字改为“公”。如今，大舅已去世四五年了，他教我写信，带我唱歌，与我谈诗，这些犹历历在目。

三小校区前身是县城西门张家大祠堂，学校前半部两边厢房、中间大厅、廊柱，都是祠堂旧物，西边和北边新建了几间教室。记得县里凡有赛事，无论是教育教学方面还是文体活动方面，三小都是名列前茅，都有大红喜报贴在校门口墙上。学校管理制度严格，不允许迟到早退。我们班每天早上到校前五名，都能得到班主任老师发的奖牌，我也得过，但没拿过第一名，有一天我特地起个大早，到学校大门才开，结果还是拿了第二名。学校规定不准带菱角、甘蔗等有壳有渣的食物进校，校门口每天有佩戴臂章的少先队中队长值班。

记得学校还开展“爱科学、讲科学”活动，稻田里禾苗长得旺盛时，有一种螟虫为害，晚上可以用荧光灯诱杀螟虫。天黑以后到田野里装上荧光灯，当时称为“电棒”，灯底下放一盆清水，水里放些煤油，螟虫趋光，飞到灯前，落到煤油水里，必死无疑。在大人的带领下，我晚上去田里参加点灯灭虫活动，第二天向老师汇报，还受到表扬。

1960年9月，我离开了三小，到麻桥石塘李小学就读，因为父亲调到该校任教。转眼几十年过去了，现在的三小在老校区不远的地方重建了，崭新的教学楼，宽敞的运动场，设备齐全的电脑室，藏书丰富的图书馆，校园比花园还美丽。但旧时的三小是我成长的摇篮，是我识字启蒙的地方，我也怀念当年的同学们，古稀之年犹记得清楚。有些同学已经去世了，令人惋惜：一个叫陈泽智的同学，我们读小学二年级时就夭折了；桑爱香同学二十多岁便香消玉殒；王兰英同学四十多岁也离开了；李道胜同学当过兵，任过大队书记，已去世好多年了……有不少同学，几十年来都未曾谋面，也无音讯，可能即便相逢也不相识了，愿大家各自安好吧！补上一句，就在前几天，我在去杭州的大巴上，邂逅夏成林同学，他是空军飞行员，已退休十多年了，我们有六十多年未见了，真是喜相逢啊。

麻桥的回忆

麻桥在南陵最北边，与繁昌毗邻。

我家原住在工山公社东边栗阳大队，父亲调至麻桥小学教书，我们全家便随着父亲搬到麻桥，住在麻桥大队一个叫对过曹家的小村子里。“对过”即“对面”的意思，应该是那个叫下头方的大村子人对这个小村子的称呼，对过曹家小村子只有五六户人家，我们住时已无曹姓人家。

当时，我们全家任务主要是开荒种地，种菜种粮来弥补粮食的不足。我祖母、母亲是主要劳动力，她们挖了好多天，在住宅旁边开垦了一大块菜园，又在稍远点的山峦一侧，开垦一大块坡地，专种山芋与小麦。父亲只有周日才有空参与劳动，我和弟弟妹妹帮他们捡捡树根草根，我当时是11岁，妹妹9岁，弟弟7岁。那时我才知道这里比我们原先住的栗阳大队的小平原上生产生活资源要丰富得多。春天随意插几畦山芋秧子，秋天就能收到几筐子又大又甜的山芋。我们到山里去扳笋子、掐蕨菜，碰巧还能捡到鸟蛋。山里还有鲜红的野草莓，随手摘了吃，香甜水嫩，但要注意，有一种蛇果，和野草莓形态差不多，也是鲜红可爱的，但它有毒。我的同学介绍说：“野草莓叶子是椭圆形，开白花，果儿有些空心；蛇果叶子是菱形，叶边有齿，开黄花，果儿实心。”说误吃蛇果会中毒死人的。后来才知道，蛇果也是一味中药，要科学采摘和使用。同学还告诉我怎么区别香椿和臭椿：香椿春天生长刚发芽时，摘下新芽，焯水后食用，可炒蛋可凉拌，非常可口，臭椿生长发芽时间和香椿差不多，不可食用；香椿树皮呈微红或浅褐色，近闻有香味，臭椿树皮呈灰白色，近闻有臭味。

有几次因为我们对山里这些可食用植物认识不清，吃了苦头。第一次是扳笋子，上了山看见竹林里密密壮实的笋子，我们一家人都赞叹："山里真好，这么多、这么壮的笋子！"我们努力地扳着，两个小时就扳下了几大包，我们扛着、背着，到家里又花气力把笋壳剥了。中午烧了两大碗，一筷子下去，觉得有些苦，越吃越苦。邻居周奶奶过来说："你们掰的苦笋子多，它是凉性的，吃下去也不要紧。这苦笋，你剥壳便不好认，要用舌头舔舔才知道。"我们忙了一上午，结果全是无用功，笋子全扔了。再就是一次雨后，我们上山采蘑菇，当地人称菌。雨后菌菇水分足，长势旺，又大又肥，一会儿我们便采了两大篮子，回家洗净后便烧了半锅。我们兄妹三人闻着香味，馋极了，母亲便给我们一人先盛了一小碗，我们一下子就吃完了，吃饭时我们又吃了不少，饭后一小时不到，我们兄妹三人都说肚子疼、头昏，并且拉肚子，大人们症状轻些。邻居周奶奶来看过，说："都是吃了毒菌子的根由，你们捡的菌有毒，中毒了。你家这是中毒轻的，重的可不得了。马上喝碗盐水下去，会好些。"我们每人喝了一碗盐水，一会儿是好多了，周奶奶让我们把剩下的菌菇全倒掉了。另外，我们还吃过一次檀树头，人也头昏了一下午，但那种树毒性不大，我们认识它，心中不怕。

我家开垦的菜园整理成形后，依农时或栽或种，有茄子、辣椒、空心菜、豆角、香瓜、菜瓜，撒下了苋菜、小青菜、菠菜种子，靠篱笆墙边栽了扁豆、南瓜、葫芦，因为这些东西有藤蔓，可以让它们沿着菜园篱笆及树枝攀长。每天早上祖母领着我们去菜园里捉虫子，特别是香瓜、菜瓜、茄子、葫芦这些，才栽下去的嫩秧子，蚜虫和刺蛾最喜欢，它们咬断这些秧子嫩头，或是刺吸嫩头里的汁水，苗秧便长不成或枯萎了。这些虫子早晚出来活动，必须及时捕杀它们，待植物长大成形便没事了。攀援卷须茎类的瓜果，如瓠瓜、丝条、豆角等等，搭架子宜早，它们是攀着架子长，搭得早长得快，结得早，结得多。马铃薯、山芋等作物基肥要足，中苗以后施肥效果不佳，容易长苗蔓而不长果实，如马铃薯小苗时施一次肥后，苗要培土，不然结出来的果实呈青色，不好吃，也不好看。南瓜、葫芦、地瓠子这些东西最好是栽之前下些平日聚下的家禽羽毛或是沤泥油饼，一次下到位，长成后随便浇点水就可以了，果实长成，大而嫩。菜园里青菜的叶子绿绿的，茄子的花紫紫的，瓠瓜的花白白的，黄瓜的花黄黄的，南瓜花如喇叭，蚕豆花如蝴蝶，韭菜花如满天星，玉米须如古人帽子上的饰缨……藤蔓与花从地面攀爬到架子上、篱笆上、树枝上。我家的菜园多姿多彩，令人赏心悦目，更主要是我们菜园收获大，每天早上能采摘两大篮子瓜果蔬菜，生活得到了保障。

蔬菜吃腻了，我们想办法改善伙食。先是捉黄鳝。一种方法是用钩子钓黄鳝。用废旧洋伞骨子磨制成黄鳝钩子，大约二尺长，这样的钢骨强度比铁丝好，锋利且不断、不变形。时间是四到五月最好，秧苗刚刚插下去，禾苗不遮眼。早上太阳出来时，拎着笼子，带上一种红蚯蚓，那种蚯蚓黄鳝喜欢吃。把蚯蚓串在钩子上，轻轻地往田埂边上的洞里送去，一定要慢，快了黄鳝会感到危险，就不肯吃。用串了蚯蚓的钩子轻轻送到洞中黄鳝的口边，当然人在田埂上面是看不到洞内的，间隔着用中指在黄鳝洞前秧田水里弹几下，“咚、咚”的水声引起它注意，原在洞里闭目养神的它，忽然看见蚯蚓在眼前蠕动，便一口吞了下去，外面的钩柄随之一动，便是上钩了，我顺手往外一拽，便是一条黄鳝。这往外的动作要快，出洞后赶紧甩到田埂上，因为有时没钩牢，刚拽出洞黄鳝便脱落了，掉到有水的秧田里，它尾巴一搅，浑水一泛，便不知它往哪儿逃去了，人只能站在那儿懊恼不已。

另一种方法是“通黄鳝”，本地人说“吞黄鳝”，就是“掏黄鳝”的意思。在秧田埂旁或是沟渠水边上，寻到黄鳝洞口，把胳膊伸进洞里，抵紧洞口，若洞不深，遇之，用中指扣紧其上半身，便可在洞中活捉它。遇到深洞，胳膊够不到底，就用竹棍往里通，盯住洞口，黄鳝会猛地从洞口窜出，我飞快地中指一弯扣，扣紧，它就跑不了。黄鳝身上多黏液，特滑，若用五个手指来抓它，是不易抓住的。有的黄鳝有两个洞口，你在这边洞口通水，然后观察一米内如有浑水从另一洞里冒出来，那个洞便是黄鳝的第二个洞口，它会出其不意从第二个洞口逃出来，要迅速扣住，否则它一跑出来，水稍深点，转眼就看不见它了。“通黄鳝”方法好学，易掌握，但常会弄湿弄脏衣服，回家会受到大人斥责。有几回，我胳膊伸进洞里，有蛇冲出来，虽然有些恐怖，但它毒性不大，咬一口也不打紧。

再就是“浒鱼”。这里的“浒”字，是想当然写的，当地人说的“浒”，与“唬”“虎”同音，就是往外舀水倒水的意思。我扛着铲土的铁锹，弟弟妹妹分别拿着脸盆和鱼笼，去找合适的“浒鱼”地点。梅雨季节或是一场暴雨过后，田野有水，塘坝涨满，渠沟横流，雨停了水小了点，鱼儿从塘坝随水溢出，或是逆流戏水，正是“浒鱼”的好时机。找一段小沟渠或小水宕，把上游筑个坝子挡住来水，下游筑个坝子往外“浒”水，这中间一块水域就是我们心目中的“屯鱼区”。我一边“浒”，一边让大妹看着上面那挡水坝，上游有来水，水在涨，弄不好涨快了，挡水坝就垮掉了，就会前功尽弃。须用最短的时间“浒”干屯鱼区内的水，才可以捉鱼，多是些“胖胖屁”（杂鱼）、小鲫鱼、土泥鳅，还有硬币大小的小蟹子。一下午，我们能“浒”三个水宕，通常是一到三碗鱼。有一次，出乎意料地捉到了一条半斤多的黑鱼和一只大乌龟，算是大丰收了。

我读四年级时，课业负担轻，我有很多时间去捉鱼摸虾，周末就和同学上山去砍柴。我拿出了扁担绳子与镰刀，同学都说我这工具不行，他们给我借了柴刀与冲担。我们原先砍茅草用的是“7”字形镰刀，又称茅镰刀，专砍茅草跟细灌木丛的。这里位于山区，用的是平口鹰嘴砍刀，砍树须用硬刀，刀前突出的“鹰嘴”是保护刀刃不砍在山石上，并且砍柴人会在腰上挂个刀匣子，刀插在匣子里。原先茅草砍好后，用绳子兜住，扁担横挑；这里用两头尖尖的冲担插进柴捆里，竖挑着走。选择什么样的柴来砍，也是有学问的，我是有柴树即砍。同学说：“你砍那泡桐树，烧了没什么火头，要选栗树砍，特别是白栗、铁梢栗，木质硬，火头高，又耐烧。”同学砍好了，总是帮我砍一些，还帮我捆柴。捆柴同样有学问，先找一根好“扤子”（就是横系勒紧一捆柴火的“腰带”），这扤子要细长、有韧性，1.5 米以上长度，最方便好用的是紫藤，把柴火摞放在扤子上，扤子摆放的位置很重要，上下比例适中，捆好的柴立起来要刚好是脚重头轻，这样用冲担插进去挑在肩上，柴根朝地，柴梢向天，紧紧实实，不拖不拉。我们担着柴在山道上，随着山径起伏，时上时下，柴担忽悠忽悠的，青山、白云、蓝天、小溪、人语、石径，快意前行。

有时在山里，还能碰到惊喜，有意外收获。有一次，我们在找捆柴的扤子时，看到岩缝里长着一根粗大的野葛，我们用刀连撬带扒，把它挖了出来，有二十多斤。还有一次，看到一树的野山梨，我们先美美地吃了个饱，再摘下树上剩余的，脱下外衣包好着带回家。有时我们还特意带个袋子，摘下野蔷薇上长的刺茸茸的果实，这东西经过处理后，可以磨成粉来填饱肚子。还有一种叫"及鼓奶"（谐音）的植物，入土不深，刀一撬便起来了，根茎有花生壳大小，剥去外面一层皮，就可食用，甜而粉，很好吃。还有几回，我和同学成功地捉到两只野鸡，开心极了。

吃过晚饭，我喜欢到周同学家里去玩，听他哥哥讲故事。周大哥比我们大了十几岁，家里有《西游记》《水浒传》《罗通扫北》《薛丁山征西》等小说，他给我们讲《三国演义》《隋唐演义》《杨家将》等一些片段。我至今还记得他讲的"罗帝菩萨"的故事，那时觉得故事很神奇，后来才知道，罗帝菩萨即罗隐，是唐代诗人，杭州富阳人，十多次科考不中，在我们这儿以及池州、九华山隐居过，还在我县烟墩霭里隐居过，霭里至今还有罗村、罗岭、罗塘，供奉罗隐的石庙被称为罗帝庙，有很多关于他的故事。

我七十岁时，去麻桥寻旧。山川形貌依旧，自然村道路已焕然一新，小楼林立，古树掩映，错落有致，不时有各种车辆驰过。我们当年住过的那个小自然村，有点萧疏，感觉当年那河那山那水塘那村庄，好像比现在看到的要大得多，可能是当时年龄小造成的原因，特别是那山洪暴发之际，河道极宽，水流极凶，心里极敬畏，现在来看，它只是一条稍宽一点的山溪而已。

当年的同学已很难找到，有的已经作古，有的到城里陪孙子读书，有的随子女迁到外地去了。最后，问到了阮姓同学，村里人说他在家，路上我俩擦身而过竟然互不相识，一直找到他家才认出来了，算起来已有六十年没见了，握手对视，感叹良久。把酒忆当年，祝愿人长久，“欢笑情如旧，萧疏鬓已斑”。

作《鹧鸪天·麻桥访旧》一首以记之：

野菊疏篱水一湾，风牵思绪似炊烟。昔年学友惊相见，今日霜头细诉缘。

枫叶老，旧村残。先人曾寓此山川。音容笑貌时时现，转眼光阴六十年。

初中生活琐记

我于1963年9月入南陵中学初中，算来至今已经六十年了。走进学校，心里高兴，当时我们工山中心小学六年级三十几名学生，只有三名学生进入南陵中学，小学的老师们表扬我们刻苦努力等等，其实有不少同学平时成绩比我们好，但就此次没考好，不走运。放眼南陵中学，比我们工山中心小学大多了，有河伯观海的感觉，满是敬畏与新奇：我们小学的教室是以往乡绅家的一幢小楼，外加几间后建的平房，前面一小块操场；南陵中学四幢主教学楼，十几个班，一千多名学生，运动场、器械场、跑道、图书馆、大礼堂等等，都是我没见过的。

我们初一（3）班的教室与南陵中学著名的郁青楼相邻。郁青楼是民国时期峨岭乡绅张和声先生开办的郁青农校的主楼，取自“岸芷汀兰，郁郁青青”之意，后来中山中学、郁青农校、南陵县立初级中学合并为皖南区南陵中学，郁青楼成为合并后南陵中学的标志性建筑。它古朴厚重、大气浑然，东角前方有一棵硕大的广玉兰树，高过楼顶，花季到来，满树繁花，香气袭人。用现在的话说，郁青楼是南陵中学“打卡”的地方，凡是访客游人到南陵中学都要到郁青楼前留个影，或是到郁青楼上看看，到楼前走走，表示到了南陵中学。

我们到校报名时，甬道两边木芙蓉怒放，红艳夺目，繁密而喜庆。领到了课本，我们用牛皮纸把书包了封面，生怕弄坏了。开学几周后，我就把语文、历史、地理、政治书全看了一遍，倒不是用心学习，而是好奇；数学、英语没看，因为看不懂。因为提前阅读了，上课我便不大用心听了，用笔给书里的插图加色、加大、加内容。有一次父亲到学校找我，找到教室，在我座位上看到我把历史书和地理书画得不成样子，非常生气，训我一顿，让我以后每学期结束把课本带回家，交给他检查。上课时，我还私下看过几回小说书，上课的老师没发现，从窗外经过的老师发现了，小说书被收了去，一本是《杨家将》，另一本是《蜀山剑侠传》。过路的老师将小说书交给了班主任，班主任将小说书交给我舅舅张士铭老师。舅舅是我的数学老师，我数学成绩平平，见到"舅舅老师"胆气不足，常常敬而远之，从不主动找他。小说书是借同学的，人家催着要，我硬着头皮去舅舅那儿，他严厉批评了我，末了说学期结束给我，我不敢出声。同学多次向我索书，他也是向人家借的，我只得省吃俭用，赔了他两元钱，讲了一大堆道歉的话，以后再也不敢上课看小说书了。

第一次住集体宿舍，觉得很有趣。一个年级的住校生住在一个宿舍里，三十多张上下床摆得一行行的，整齐有序，过道相连。晚上灯光幽暗，望去曲曲折折，令人迷失。一天夜里，我起来方便，脚一伸，一下子从两米高的上铺栽到地上，腿刮了皮，头撞在对面的床挡上，才想起来这是在双人床上床。宿舍有两个门，返回时进错了门，摸错了好几个床位，闹得许多人醒了，点亮灯，才找到自己的床位。

国庆节到了，学校举行征文活动，语文老师夏业隆先生可能觉得我作文写得还好，便让我写一篇。我写了一篇叫《节日忆烈士》的作文，写到了"砍头不要紧，只要主义真。杀了夏明翰，还有后来人"的夏明翰，"恨不抗日死，留作今日羞。国破尚如此，我何惜此头"的吉鸿昌，"浪迹江湖忆旧游，故人生死各千秋。已摈忧患寻常事，留得豪情作楚囚"的恽代英等先烈。老师说我举例恰当生动，课外书看了不少，让我认真抄一遍。抄好后，我交给他，他说："作文尚可，字写得太差了，我来给你抄一下吧。"就这样，我那篇作文便在学校征文中获得了三等奖。获奖作文都张贴在甬道旁边的宣传栏上，在那一排木芙蓉花的前面。有人指着我那篇作文说："这人字写得还真不错！"真令我羞愧。

不过，有一件事，实打实是我自己做的。六月暴雨季节，河水猛涨，南陵中学东边是市桥河，涨水时宽三四十米。河边有茂密的树林，我和胡木林、秦志强、周国栋、杜先放几名同学在树荫下闲聊，知了高唱，太阳出来了，天气闷热，有同学提出："我们下河洗把澡，这会儿老师都睡午觉了，谁也不知道。我们都下水，不下水者视为叛徒。"于是大家脱下外衣，纷纷跳下水，挥手向对岸游去。我们游到河中间时，一位值日的老师发现了，立即吹起哨子，马上来了好几位老师，班主任也来了，我们像泄了气的皮球，回到岸上，抱着衣服，跟着班主任，进了他房间（兼办公室），罚站。后来，我们几名下河洗澡的学生，被全校通报批评，毛笔书写的检讨书贴在学校大门口通告栏上，我们一下子在全校出名了。据说班主任也被校长狠批了一顿。

初二时我们教室在东一楼上，楼上教室只有前檐走廊，后檐窗户靠檐滴水，下雨时若这边窗子未关好，课桌便要淋水，桌上桌肚里都是平日摆放的课本，那可就全湿了——那时我们不用书包。一个暴风雨的夜晚，我们都缩在被窝里，竟有一位勇敢的同学独自去教室里关窗户，回来时，他衣服淋得透湿，第二天老师表扬他，没过多久，他就被发展为共青团的积极分子。我们羡慕至极，那时入团必须先成为积极分子。在以后的日子里，夜里下大雨起来关窗户，我们也干了两次。

语文老师黄立钧先生，上海人，待人亲和，教学有方。我们班不少人本来对语文不感兴趣，经他教一学期后，大家学习语文的积极性大涨，尤其喜欢写作。

有一天中午，我把菜吃光了，想去教师食堂买份一角钱的水豆腐汤，师傅说不行，要用菜票子才可以。正好黄老师在里面吃饭，他立即喊我，给我买了一份水豆腐汤，并把他那天随身携带的一元多钱菜票子给了我，让我以后菜不够吃时就用。

清明节过后的一个晚自习，黄老师问我认不认识去家发中学的路，周日有没有空陪他与朱操一、林达章两位老先生去家发中学，一是出去踏青，二是去在家发中学任教的叫萧士铭的旧日学生那儿玩一下。黄先生让我邀一名同学一道，于是，我便邀了同宿舍的潘同学，一起带路。三位先生边走边聊，谈历史、谈掌故，生动活泼，有知识、有趣味，是课堂上听不到的，我和潘同学听得津津有味。朱操一、林达章两位先生比黄立钧先生年龄大，又是本地人，他俩讲得多，三位先生的音容笑貌至今还能想起。沿途春风杨柳，溪流潺潺，鹅鸭欢唱，农民春播，三位先生兴致极好，到了家发中学，萧士铭老师不在家，我们原路返回，兴致不减。

还有一位黄晰之先生。黄立钧先生因事回上海，黄晰之先生给我们代上一个月的语文课。其间，我写过一篇作文，黄晰之先生打了"甲"等，把我叫到办公室，说："同学呀，文章写得不错，本可以评甲上，但字写得不够端正。字是文人的大褂子，写不好可拿不出手。重抄一遍吧！以后多练字。"这位先生是本地著名的学人，可惜在1966年时去世，年仅44岁。

我的班主任金力云先生，其时才二十几岁，大学毕业才几年，年轻潇洒，篮球打得极好，在他的影响下，我们班篮球队在学校也是高水平的。金先生严谨而亲切，教育教学工作非常认真负责，和学生的关系很是密切，现在我们每次组织同学聚会都邀请他参加，有许多同学还专程到徐州他家里去看望他。

2017年金力云先生八十大寿，我写了一首诗准备送给他，请方家书写了，让工匠装裱了，但一直放在家中，不好意思拿出来送给他。我从学校回乡后，生活平庸，无啥有意义的事向先生汇报，遂有吞吞吐吐之状。在此，把那首诗呈上：

郁青楼畔玉兰香，五秩年华别梦长。
摇曳桃花飞灿烂，回旋钟声响悠扬。
望贤立志兴华夏，传道倾心育栋梁。
春水抒怀杨柳碧，先生行乐钓荷塘。

金力云先生当时教我们政治。有一次金先生来上课，我的文具盒坏了，正在捣鼓，先生上堂，班长喊“起立”“坐下”，我虽然也“起立”也“坐下”，但手里仍在修理。金先生讲了几分钟，发现我还在低头修理文具盒，便指着我说：“同学，你把我刚才讲的这篇文章读一下。”我赶紧放下手中的文具盒，边站起来边从抽屉里取出课本，立即翻到那篇文章，迅速地读了起来。这书里的内容，我平常看过，一下子便能翻到要找的页码。读了一会儿，金先生让我坐下。下课时，金先生从我课桌旁经过，对我说：“下次注意听讲，别搞小动作！”我不敢出声。

教英语的朱玛莉先生，是个慈祥认真的老奶奶，唯恐大家学习不努力，天天早读上堂。当看到有学生考试时写“我是中国人，不学外国文。光荣交白卷，慷慨得零分”，她气得眼泪都流出来了。还有教体育的杨少青先生，教数学的黄浣莲先生、张士铭先生，教物理的张家保先生，教化学的宋静芝先生，教历史的汪定康先生，等等，在当时很有名气，都有很高的教学水平。我们有幸受到了这些先生的教诲，他们的人格品行、敬业精神，永远难忘。

当时学校组织各种文体活动与社会活动，如田径运动会、球类比赛、文艺联欢会等等。有一次我们去九连公社沧溪大队高坝戴生产队参加劳动。我们背着被子走了一个下午，到了村里，太阳还未落山，有几个同学便背起农户家的粪筐子，学农民的样子在猪屁股后捡粪。有同学说：“老农在前面走，后面要有一条狗跟随才像。”正好来了一条黑狗，捡粪的同学向黑狗招手，狗不动，也不睬他，他骂道：“狗眼看人低，不听我话！”向前走了两步，黑狗突然叫起来，往前迎上，作扑咬人状。该同学把拾粪的家伙一甩，转身就跑，黑狗边叫边追，这同学拿出百米冲刺的速度，跑进我们住的房东家，不敢出来了。

第二天早上，我们分为两组，第一组割稻打稻，第二组“捞墒子”（谐音）点麦。圩区田块大，12个割稻的人一字排开，有2名农民带领着，一下田还有点带劲，不到一个小时，有人喊：“手割破了，挂彩了。”带队的农民早有准备，拿出橡皮胶布给缠了，继续干，同学们谁也不偷懒。一会儿，有2个同学相互指责起来，是后面的同学把前面同学的脚后跟割破了。带队的农民笑着说："只见过割稻割自己的手，没见过把前面人脚后跟给割了。"大家都笑了起来。原来是后面人割得快，赶上了前面的人，又是张牙舞爪地挥着镰刀，无暇顾及，故有此事。又一会儿，8个打稻的同学，把稻谷甩到禾桶外面去了，头发上都沾满了稻谷。打稻的人自己头发上有稻子，就是"唬稻子"，即把稻谷甩出去了，浪费了。队长怎么教也没教会，示范给他们看也没效果，只好停了。这些同学看起来块头不小，但是只晓得凭蛮力一举起一落下，使劲地打，哪里管得上甩稻不甩稻，打着打着便"唬稻子"了。

第二天，割稻打稻的一组全部归入第二组。捞墒子虽是粗活，也有技巧。圩区田土板结，不易打碎，老农告诉我们：遇干田干土，用锄头把大块的犁土架空，用锄头打碎它；遇湿田湿土，须用锄头口劈碎犁土；打宕时，底要敲实，不能漏空，否则底粪肥料流失，种子也掉洞里去了。捞墒子技术含量较低，但一样累，白天双臂挥动不停，到了晚上又酸又疼。大家依然坚持"不掉队，出满勤"，整整干了四天，临走时，高坝戴村人还送了一面锦旗给我们。

我们在该村劳动时，村里每天派人到繁昌平铺买菜，有鱼有肉，有时鲜蔬菜四五样，我们吃得很开心，比我们在学校的伙食好多了。

在学校，早餐是一碗稀饭、一个大馍、几片酱瓜或是一块豆腐乳。趁着课间操间隙，我们住校生有时买山芋吃，一则山芋便宜，二则方便。卖山芋的老奶奶拎着个木桶，溜进校园，在教室边叫卖。中午伙食以"时令蔬菜"为主，因为蔬菜满上市时，价格最便宜，如冬瓜满上市，食堂会买下几万斤冬瓜，让我们天天吃冬瓜，大包菜也是如此。这两样东西我们在学校时吃够了，几十年过去了，到现在我也都不喜欢吃。

到了节日或期末加餐，来盘红烧肉，我们是八个人一桌，一桌一盆饭，一砂锅菜，先是一人分一块，若多再每人一块，第二轮没分到肉的，便舀一勺子肉汤抵数。分鱼，八个人两条鱼，约二斤重，鱼头、鱼身、鱼尾，各个部分骨肉不均，不好分。有同学提议，将两条鱼捣碎，做成鱼糊糊，再用勺子一人一勺子地分舀，我们就那样干了，结果比分肉还省事。

大家一起共食不分菜，我们也试过。但有人吃得快，有人吃得慢，吃得快的吃饱走了，吃得慢的还未吃下半碗，还有女同学不愿在大庭广众之下吃饭，她们打了饭要捧回宿舍坐在床上细嚼慢咽。

我写出此事，并不是抱怨。当时，我们农村住校生每月伙食费是7.8元，每月发三五元不等的助学金以补助伙食费，这样每天约四毛钱。食堂量入为出，精打细算，总想用有限的伙食费把伙食办得好一些。难为厨师们了！

1965年下半年我们去繁昌参观。学校一次去了几个班，人很多，无车可乘，就号召我们不怕苦、不怕累，徒步去，夜里三点出发，早上八点到达。出发时弦月斜挂，清风徐来，大家边走边聊，热热闹闹，倒也轻松愉悦。走了近二分之一路程，队伍已拖了几里路长，有的人开始掉队了，天还没亮。走夜路最怕掉队，走失了可不得了，老师就组织大家唱歌，给大家鼓劲。

到了繁昌展览馆，我们看了不少实物及图片，还到城郊一处腐败分子住宅去看：洋房、花圃、甬道、狗圈都修得很精致，连鸡笼都是砖砌的，鸡笼里还装了电灯，说是鸡多照光，能多生蛋。当时，农民住泥巴草房，点煤油灯。这家伙一看就是忘本变质，贪图享受了。

吃了午饭，大家纷纷说回程走不动了，于是学校请来了几辆大卡车，每人交了五毛钱，坐车回校。

后来到了1966年6月，学校通知停课，然后是回乡务农。我也想回家了，一天上午打好背包，准备下午离校。胡木林同学对我说："中午我们到秦志强同学家吃顿饭，你要回乡下老家了。"秦志强家在小南街，南陵师范学校对面，我们沿着街道向他家走，他们买了五香花生米，又买了牛肉脯子、干子等等。记得那天聚会，共有五位，有胡木林、秦志强、周国栋，连我在内，还有一位记不得了。其中，周国栋同学早已去世了。

这是我记忆中第一次同学聚会。我们学作老成，虽要分别，却不伤感，同窗三年有情有义，朝夕相处，乐在相知，最后我邀请他们以后到我家里去玩。这次聚会，我至今记忆犹新。

初中生活结束了。2010年退休后，每每回忆起初中生活，还是觉得很温馨、很有趣，课业的繁忙，考试的期待，渐渐遥远而模糊了，倒是这些闲事琐事记得还清楚些，信手写来，与大家分享。

祖母的“古话说”

祖母生于1902年，无为人，1987年去世。她从江北到江南讨生活，从流浪逃荒到种田经商，饱经沧桑，阅历丰富，加之她为人豪爽正直，乐于助人，又很会说话，村里人都很信任她、尊敬她。她与人交流中喜欢用流传民间的谚语、俗语、歇后语，喜欢在这些话前面冠以“古话说”，令我记忆犹新。

我回乡务农，祖母喊着我的乳名说：“大保，学校不上课了，早该回家，回家种田挺好。古话说‘三百六十行，做田是上行’，‘三百六十行，行行出状元’，把田做好了，照样有饭吃，有出息。做田要肯吃苦，舍得出力，‘力气是浮财，去了又再来’。做事要有悟性，‘师傅领进门，修行在个人’，虽然你二姑父教你做农活，但还在于你自己干不干。做事要有常性，‘不怕山高，就怕脚软’，只要你一步步努力干下去，肯定会成为一个做田的好手。”

我学栽秧时手艺不行，生产队便让我去挑秧，俗称“秧驴子”，很没面子，我很是生气。祖母开导我：“‘人要争气，不要生气’，‘不怕慢，就怕站’，栽秧最忌干一会，站一会，一趟栽到底，中途别直腰。‘拳不离手，曲不离口’，天天干，用心干，自然手熟，熟能生巧，就栽得快了。”

祖母教育我们，不要势利眼，特别是对那些不如自己的亲朋邻友。她说：“‘人不要站在韭菜双子上看辣椒双子——瞟青望红’，古话说‘宰相家还有三分穷亲戚’，‘树不知高低，人不知前后’，‘灰堆还有发热之时’，不要瞧不起任何你以为不如你的人,‘三年河东,三年河西’,说不准哪天你还有不如人家的时候,‘你敬人一尺,人敬你一丈’,你帮人一回,人家会终生不忘。”

祖母要我们每天早上天一亮就起床,黎明即起,洒扫庭除,她虽不会说日出而作,但会说“瞌睡是睡出来的,家产是累出来的”,说日上三竿,一家人还在睡觉,这人家肯定不会兴旺,一天之计在于晨,早上干活,不冷不热,效果最好,既干了活计,又练了身子。

村里有弟兄二人吵架,祖母看到了,上前劝和:“古话说‘家不和,外人欺’,你弟兄二人是一个奶头子喂下来的,哪有这么大的难过,前几天你俩还在推杯举盏地喝酒,马上又要过年了,你俩的公亲(宗族及共同的亲戚)来做客,你俩又要坐到一起吃饭,到时好意思吗?趁早歇了,别吵了,各退一步,风平浪静。‘树老根多,人老话多’,别嫌我啰嗦了。”

祖母教育我们要珍惜粮食,常说:“一粒米渡三关,三粒米爬过山。”掉到桌子上一粒饭,她会拾起来吃掉,说“粒粒皆辛苦”,并让我们把碗里的饭都要吃干净,说“丰年不忘荒年”,“家里有粮,心中不慌”,要求家里小孩“吃要有吃相,坐要有坐相”,小孩吃饭不得挑食,喜欢吃的菜不得往面前挪,坐在凳子上不得跷二郎腿。她补充说:“古话说:‘树要从小育,人要从小教。’”

当我结婚时,祖母训告我:“‘上床的夫妻,下床的君子’,‘男子汉要有男子汉的样子’。”可以看出,祖母崇尚大男子汉的思想,这在当时农村是很普遍的。

家中旧物,本应该处理掉,但祖母翻看后总要留下一些她认为还有利用价值的存放起来,说:“古话说‘破锣破鼓好救月’,说不定哪天就派上用场了。”事实证明这是对的。有一次我们准备烧掉一些不要的编织袋,祖母坚持留下来,第二年大汛,要捐编织袋,用来装土挡水,我家一下子捐了上百条。

我和祖母一同去繁昌保定一个朋友家,久未联系,不大记得路了,正准备问人,祖母说:“问后面那个老年人。古话说‘破竹子要破小头子,问路要问老头子’,老年人了解得多,可靠些。”

我们正月里把马铃薯苗地锄松了,准备晒上几天再施肥,祖母指着大工山说："你看，大工山顶招云了，'有雨山戴帽，无雨山断腰'，今天赶紧把肥施了，明后天要下雨。"果然第二天下午就下起了雨。

祖母有时也很幽默。一个邻居打牌回家，从我家门口经过，精神不振，祖母笑着对他说："你今天回家精神不爽，没有来时兴致好，怕是牌运不好，'孔夫子搬家——全都是书'了吧！"小伙子苦笑着说："可不是，几个钱全输光了。"

有一次外出干活，我们在一个地方泡锅巴吃，祖母拿过一块锅巴，望着它说："乖乖！这块头像犁铒（铧犁上的生铁铸片），真是'皇帝的妈妈——太后'了。"大家都笑了起来。

祖母八十多岁的时候还和我说："古人有话'七十风前烛，八十瓦上霜'，我们这个年纪的人，说走就走了。"又说："'人死如灯灭'，死了什么也没有了，没感觉的，火葬土葬都听国家指示。"当时殡葬要求火化，一些老年人想不通，不愿火化，祖母很开朗，她怕给我们带来麻烦，因为我是政府工作人员，故有此一说。

许多谚语、俗语、歇后语，祖母用得恰到好处，通俗易懂，令人难忘。

谨写于此，以示怀念。

碧水青山傍我家

1974年，我们与父母、兄弟分居。当时大儿子静文才两岁。我和妻惠兰想到一个单独的、有山有水的、可养猪养鸡种花种菜的地方去住。

1986年，我们费尽周折，终于在村西一片丘陵上谋得一块地，约三四亩，离原居半里远，就在原曙光学校的东边。记得是端午节动工，约两个月工期，我们建了一栋坐北朝南的平房，共有四个房间，在主宅东边建了一个厨房，又用碎砖在大门口砌了一个院子，栽了许多树与竹子，最多的是果树。我们，尤其是大儿静文与小儿文峰，盼望果树快快长大，开花结果。其时静文已13岁，文峰10岁。

1998年，我与惠兰决定在原有屋基上建两层楼房，正月里开工，工期4个月。一栋两层钢混结构的小楼建好了。它掩映在翠竹绿树之中，煞是漂亮。东南几十米远，是一个水库，旭日晚霞，光彩绚丽，微风拂动，縠纹跃金，抑或风定波平，碧水如镜，倒映出我们小楼的倩影。放眼西南，山峰有近有远，青黛连天，层次分明又浓淡交织，那是我们小楼的背景。

2000年，我们又花大气力，砌了一圈围墙，圈成院落，俨然是一个庄园。砌围墙的起因是这样的：一天中午，惠兰去田里干活，家里来了几个小偷，估计是看我们家房子建得很好，认为家里有钱。他们撬窗而入，可惜我们家无钱无财，他们只翻到两包香烟罢了。我们修建好了围墙，增加了安全感，家居也更完善。这样的格局,一直持续到2009年拆迁的时候。

1990年以后,是我们家最幸福的时光。我母亲身体健康,头脑清醒;大儿静文中师毕业后担任教师;小儿文峰考入安徽省警察学校,也出来工作;我任教师,又调入乡镇政府工作;惠兰在家里种了几亩田,种点菜,养些家禽家畜,日子过得和谐美满。每到节假日,我、惠兰、静文、文峰各自的朋友同学以及亲戚常来我家做客,大家都夸我们家环境好、设计巧。

的确如此。我们家的小楼宽敞明亮,大门口晒场上摆满了盆景,各色花草说不上精品,却也赏心悦目。围墙上,牵牛花开得正欢。花圃里,月季红得滴艳,金银花、紫藤又怪又老,缠在一起,爬上二楼的窗子,径直上了屋顶。东边小院里一棵大板栗树结着果子。一棵老槐树,枝干古朴如画。屋后的大果园里,有甜柿、油桃、紫李、枇杷、葡萄、柑橘等果木。这是我与惠兰精心设计的,做到花儿次第开放,果实次第成熟,比如桃子,我们就种了五月桃、六月桃、八月桃、油桃好几种,李子有黄金李、红果李、大紫李等等。下半年,我们把橘子树盖上草棚防冻,橘子挂在树上既好看又能吃,我称之为"原树保鲜",什么时候来,都能摘到果实。

小楼的西边是竹园,里面有毛竹与筀竹。竹子是农村生产生活用具的重要原材料,可以用竹子编垫子、做篮子。春天,笋子发起来简直神奇,头天还难以看见,晚上一场春雨下过,第二天一早,笋子冒出地面一大截。我们扳笋子,烧肉吃。我们也可以把笋子晒干,留着淡季吃。毛竹笋吃过,筀竹笋又上来了。我们常给村里一些亲邻送去笋子,他们都说好吃。那笋子看着也招人喜欢,根根挺拔,个个耸立,一股向上的阳刚之气。冬日,大部分树木落叶,此时竹林更显得有生气,干直叶绿,掩映着我们的房子,别有情致。待到下雪天,积雪把一些竹枝压弯了,用木棍一敲,积雪哗地落下来,枝头忽地一撑,伸向天空,麻雀呼地吓飞了。

门前院墙外是我家的菜园,十几畦菜地随着季节的变化种满蔬菜。春季,栽种辣椒、茄子、空心菜等,有红有紫有绿,五彩缤纷;在竹林里砍下竹子给豆角、丝瓜、苦瓜、扁豆搭上架子,它们纷纷攀上架,它们的果实有长有短,有圆有扁。下半年，大白菜、茼蒿、菠菜、芫荽菜，满园青绿。客人来了要吃新鲜蔬菜，我们现掐、现洗、现炒，望着那水灵灵一篮子菜，客人还未吃到嘴，眼睛就先享受个够。菜园边有一个小水塘，是我们挖的，蓄水用于浇灌。天旱时，塘里的水就起作用了，菜需晴天浇水才长得旺，老是下雨，菜要发黄发烂。山上的水会往我们的塘里渗，今天浇地用浅了，明天就会涨起来的，只要不是特殊大旱，水塘就不干涸。后来我又在塘里栽了白莲与红莲，又养了几尾红鲤鱼，塘就变成花池鱼池了。荷花盛开时，红白相间，荷叶青翠，荷香沁人，游鱼时而跳动，拨得荷秆一闪，扑棱一声，小孩子看见大叫："有鱼！有鱼！"

静文、文峰回家，惠兰就高兴极了，赶忙打电话给我，叫我晚上回家吃饭，不要在外面吃了。一到家，满桌子可口的饭菜，大家吃着聊着。我和惠兰总喜欢说，以前怎么怎么艰苦，现在条件好了，仍要节约，要努力工作。惠兰还对静文、文峰说："你们工作，遇上农村人，态度要好，他们辛苦得很，不要摆架子。"我也给他们讲一些工作中遇到的趣事。我们楼上两间卧室，给静文、文峰两家各准备一间，一应陈设都有，连墙上的画都是当年他们所喜欢的。

大儿静文2004年结婚时，在家里住过两个晚上，此后他们兄弟都没有回来住，直到2009年5月13日惠兰去世前，兄弟俩陪着惠兰，间隔着回家，有意住过几夜。

我那时在工山镇工作，早上匆匆骑车出门，晚上一回到家，心里便感觉释然、踏实、舒服。家里的木桌子、竹椅子，屋边的香樟树、紫玉兰，花圃里的大理菊、紫茉莉，惠兰洗菜哗哗的流水声，刀切青菜的嚓嚓声，铁锅里嗞嗞响的油炸声、竹子在灶膛里爆裂的啪啪声，以及炖肉弥漫的香味，一切都是那么好看、好听、好闻。

2009年10月，我家房子被拆。被拆之前，一位朋友来玩，他用摄像机给我们拍下老宅、树木、竹林、菜园，输入电脑保存下来。现在有时调出来看看，心里很是温暖，同时也会产生一种异样的感觉。

今年清明我们给惠兰上坟，去了旧时家园，很是伤感。静文对我说："人到哪儿生活，习惯后都是一样的，就像我在南京居住一样，慢慢就会适应了。年轻人在外面打工，在陌生的城市安家，都是这样的。”我想他说的是对的，我们在城里已经有了新家，当然就有了新的生活。

春分时节忆故乡

转眼春分已至。春分正当春季三个月的中间，古语曰“此日昼夜均而寒暑等”，这个时节是故乡最美好的时候。

还未进村，人就处在一片油菜花海之中，花香与春天大自然的各种芬芳融合在一起，甜美纯正。村庄的房舍都在桃李杏等各色花树的掩映中，若隐若现，幻如仙境。这时节的花开得比初春茂密，树叶尚未完全长出，远看全是花，观赏正当时，锦上添美的是：鞭炮声响起，从花树里缓缓开出一队彩车，哦，谁家的小伙子今天要迎娶新娘了。

河流清凉，流速不紧不慢，河水不多不少。不像冬季水落石出的河流，太“瘦”；不像梅雨汛期，太“猛”；更不像城市里的河流，河道两边用水泥砌得规则、坚硬，毫无生趣。一群鸭子在水面上悠闲地转着，忽而钻进水底觅食，它们甚至围到洗菜姑娘的菜篮子旁边引颈高歌，一切是那么自然、那么和谐。

草也最佳，透出不久，青青嫩嫩，不高不矮，已不是那“草色遥看近却无”，而到了“浅草才能没马蹄”，温情而有气势，放眼望去，“天涯何处无芳草”，抬步欲踏，心下不忍，生怕亵渎了这份纯洁与娇嫩。抬头看看天上，几朵白云如美人华服胸前的纹饰，正点缀着淡蓝的长空；不远处，有一位母亲正领着小孩在放风筝。

这个时候，人们早忙完了过年，准备春耕了，但还有一件事很重要：做春社。这是传下来的风俗。春分时，村人要来一次大聚会，唱大戏、办大酒，祈求上苍护佑，风调雨顺收成好。这一天要隆重置酒敬供土地菩萨，仪式之后，村人们便尽情地享用祭品，古诗《社日》中说“桑柘影斜春社散，家家扶得醉人归”，便是对这场景的描写。

一晃我们在城里已生活好多年了，每当看到城里一些人和事，总要将其和家乡相关的人和事联想起来。这不，看看日历，过了春分便是清明节了。今年，我一定要回老家看看。

怀念二姑父

二姑父姓黄，我们同住在曙光大队一个叫高塘叶的村子上。他在家中排行第二，村里人称他黄二爷。他终身务农，是种田的好把式。

1949年以前，二姑父给地主家打长工，且是带班的大师傅；1949年后，他三十多岁，分了田地，他用心耕种，既能吃苦，又内行，每亩产量总比别人家高。二姑父秉性正直，乐于助人，入了党，当了包片干部，后来回到本村当社员，他被选为生产队长。

1962年，我随父母迁到二姑父所在的高塘叶村。土地是农民的命根子，当时谁也不愿外人迁进。二姑父做村里人的工作，同意接收了我家。于是，我家一直住在这个村子里。这儿成为我们的家园。

我们刚搬去时，二姑父家腾出两间房子给我们住。从那时起，我便常与二姑父接触了。我初中毕业，回家务农，就成了二姑父的手下了。他是生产队长嘛。

二姑父教我干农活。开始是栽秧，他说："你看看，你那屁股翘得比头还高，顶在背上，栽不好秧。要把屁股蹲下去，头抬起来，眼光要能看到起始下趟子那儿，才能栽得正、栽得好。才学可先拉根绳子，顺着绳子栽。一趟秧没栽到头，别直腰，不要栽几行就站起来用手理秧把子。秧把子不齐了，顺手一松，水上一漂，往小腿肚子上一碰，就齐了。要养成好习惯。"

教我用牛犁田时，二姑父说："下田要目测，该田能分几垄。从每垄中间下犁开脊，牛犁到头，人要尽快到牛前面调犁，不要等牛自己慢吞吞地转头，牛不如人灵活，这样才能犁得好、犁得快。"他还教我遇到弯田、大肚子田如何开脊下犁等，连怎么用鞭子吆喝牛，都一一告诉我。

当时村里用龙骨水车车水灌田，二姑父又告诉我："车水，特别是车陡水，要会用力。伸出去时，手胳膊要伸直、出手有力；拉回来时，身体要向后斜，胳膊要紧靠腋下，用身体加劲，回拽有力。用力要匀速平和，忌猛躁，一天到晚都是这个速度才好。"

还有割稻、打稻、挑担子等等，他都一一教我，或示范给我看。我种了十多年田，各项农活都比较内行，后来做教师、当干部，此项本领始终在身，偶尔在农村给人家帮个忙，几分钟一过手，行家都夸我干农活有一手，他们不知道我是二姑父严格训练过的，是受过"名师"指导的。

二姑父爱队如家。生产队里有些农具损坏了，诸如犁耙水车，晒稻用的叶锨、疏耙等等，他都利用早晚把它们修理好。因为他是个土木匠，手艺虽不专业，但修这些农具还是可以的。他说："请师傅来修，就得花钱，省一点是一点。"

生产队的老牛到了寒冬腊月，过冬困难，他一天多次去牛圈巡查，悉心照料；下雪天寒，他煮棉饼、烧热水给老牛吃喝，还把供销社配给自家过春节的1斤白酒每天放一两在饲料里给老牛喝了，帮它们御寒。那个时候酒是稀罕物，过年一个人才配二两，二姑父可真舍得。

春天到了，生产队要驯化两头小牛，农村俗称"开告"，这是个艰苦的活儿。二姑父和另一位老者给小牛架上"额头"，一人用两个车水的拐子夹住小牛的头，管束它，一人在后扶犁。小牛乱跑，有时还拖着犁跑了，还会伤到人，从早到晚，二姑父他们腿也跑酸了，嗓子也喊哑了。就这样十几天下来，把野性的小牛驯化成合格的耕牛，才交给大家使用。

二姑父心地善良，关爱别人。生产队分稻谷，稻场离村子较远，一些家里劳动力弱的，分了稻子堆在稻场上，一下子难以挑回家。收工之时，二姑父说："这两户人家无劳力，分的稻子还堆在这儿。小青年你们每人帮他们挑一趟送去，吃点苦，帮人家一下子吧。"于是大家纷纷去帮挑稻子，一下子就把人家的困难解决了。

有时候生产队分些农副产品，每户一堆，目测个大概，也不用秤称。二姑父一边维护秩序，一边守着，因为有些挑剔的人家会说他们家那堆质量不好，或数量不够，二姑父便说："都差不多，手工分的，哪有那么准呢？我俩换一下，你要我这堆吧。"人家倒不好意思再说什么了。

有一次我们往粮站交公粮，走到邻村，路中间有一堆稻草挡了路。正是酷暑，挑稻送粮的人汗流浃背，便开骂了："瞎了眼，稻草堆在路上，不让人走了？"有人要把草堆掀到路边水塘里。二姑父放下担子制止道："等一下，我把这堆草移到旁边去。何必呢！"他带头把草堆移了个位置，让开了大路。虽然是小事，却反映了他宽容与厚道，与人为善。

二姑父不争名利，行事大度。他当了许多年生产队长，六十多岁时还全票当选。他对大家说："感谢全村老少对我的信任，投我的票。我已是年过花甲之人，做事大不如以前了，要让年轻人来干，我会全力支持他们。我会像往常一样为大家服务。我们同心协力把村里各项事情搞好。"最后他推荐了一个四十多岁的新人当队长，他当队委，他全心全意帮助新队长做好各项工作，赢得大家一致好评。

生产队要对社员劳动评定工分，标准工每天是10分，依次是9分、8分……这就像单位评定工资级别一样，与个人利益密切相关，因此，经常有吵架的事情发生，会议开不下去，工分评定评不下去。老年人想维持原有级别（10分工），年轻人想提升一个档次（8分工到9分工，9分工到10分工），争议激烈，各有各理，谁也不服谁。二姑父站起来说："像我这么大年纪的，体力肯定不如年轻人，做农活关键时候自然会差一些，比如负重，比如大冷天，我愿少一分工，9分，当然我们做手边活还会像过去一样尽力而为的。年轻人只要技术活都会，肯吃苦，可以定为整工（10分工），或是在原有基础加一分工。"于是就按这个原则，工分评定较为顺利了，一些年龄大的看到二姑父主动少一分工，他们也纷纷表示和二姑父一样少一分工。

二姑父责备人的一句口头禅是："屁股坐到锅盖上，你好意思吗？"那时他常带队出工，不少妇女因家务事多，上工时总磨磨蹭蹭落在后面，二姑父便拿这话来批评她们。后面还有话是："你们出工像背纤的，收工像打箭的。"当时，妇女们收工像箭一样快速往家跑，照顾小孩、洗衣、做饭等等，尽是事；出工哨子吹过，她们还未搞好，临出门还要上个厕所，能不慢吗？

秋天稍闲，大家在田里种油菜、小麦，一边干活，一边谈天说地。二姑父很喜欢讲往事。

往事之一：二十多岁时，二姑父在本县西乡一姓熊的庄主家帮工。老庄主是湖南人，六十出头，人高马大，强健有力，每天早晚都要练功习拳。他是湘军的后代，祖上有军功，当时朝廷赏赐他家这一大片土地，约500亩。这老爷子把庄园打理得井井有条，家里十几个长工见了他都毕恭毕敬。老爷子中晚餐要喝半斤烧酒，中午一斤炖的五花肉，晚餐有鸡、鱼，或是鸭子，天天如此。长工们看到那葱花肉汤，闻着香喷喷的，羡慕不已。有个年轻的长工咽着口水说："这种好日子，给我过一个月，死也闭眼睛了。"不料这话被老庄主听到了，他笑着对这个长工说："伢崽，吃也要有吃福啦。按我这个样子，给你吃一个月，吃不下去可要你自己付账的。"于是那个长工每天两顿一斤酒，中午吃炖得香喷喷的一罐子五花肉，晚餐有鸡、鸭、鱼，长工只吃了五天，就吃不下去了，酒喝不了，肉也吃不下。二姑父对我说："儿崽，有吃福才行。我们逢年过节想多吃点大鱼大肉解解馋，却是吃不下去。没福消受啦。"他叹息着。

往事之二：那时人要是有钱，日子好过一点，土匪便盯上了。村里龚家宽裕，便上了土匪绑票的名单。腊月二十八的夜里，土匪进了村，先放三枪，叫各家不要出门张望，然后直扑龚家。龚家大儿媳从后门穿塘摸水跑到村外的树丛中，龚家大儿子被捉住，土匪让他拎个灯笼喊他老婆回家："桃花，桃花，赶紧回来，这些先生都是好人，让你回家，没关系的。"桃花回到家，看到三个土匪，戴了马虎帽子，二人拎着枪，一人递条子给她。土匪吩咐五天内到黄石山庙里送价值30担稻子的钱过去，否则就不客气了。土匪又说："念你家的人老实听话，就不带人票走了。”龚家乖乖挑了两稻箩钱按期送到。龚家人省吃俭用，一天两顿稀饭，中午一顿干饭，若饭不够，妇女、儿童缓后吃、少吃，干活的男人先吃饱，吃饭时也仅有季节性蔬菜、腌菜，辣椒糊只允许用一根筷子蘸一点，不能用两根筷子挑，否则就多吃了，老当家的会训斥：“腌菜、辣椒糊都是用来起味的，用来引饭的，不是给你解馋过瘾的！”我们大家都笑着说：“不可能，怎么会那样？”二姑父也笑着说：“是真的，你们可以问问马五爷，他在龚家打长工。”二姑父又补充说：“龚家儿媳轮流烧饭，老当家每天只发三根火柴，一餐用一根，擦不着火自己想办法。龚家儿媳有时只得到邻居家引火回来。”旁边几个老大爷都说：“是真的。”1949年，龚家借债买了二十多亩田，种了一季，后来被定为地主。

往事之三：邻乡的保长李老二，刻薄，阴坏。谢老五是小混混，惯常偷鸡摸狗。李保长家的鸡、鸭、蔬菜、山芋偶尔被人偷，他知道这是谢老五干的，便记在心里。有一天，谢老五正在探路子，李保长笑嘻嘻地说：“老五哇，你替我送封信到乡公所，给你两块大洋。”谢老五很高兴，十几里路给两块大洋，发了！哪知道他到乡里刚把信一交，立即被绑上做了壮丁。原来，乡里要保里派一名壮丁，李保长便让谢老五带上“此人即是”的条子，谢老五不识字，一下子被抓了。谢老二、谢老三就恨上李保长。李保长家门口有棵风水树，谢家兄弟请二姑父帮忙，放倒他家那棵树。在一个月黑风高雨大雷鸣的夜晚，他们穿着蓑衣，带着锯子，爬到李家门口。二姑父负责望风撵狗。二姑父身穿毛刺刺的草蓑衣，头上戴个大鱼笼子，趁着大雨向狗爬去，李家两条凶狗从未见过这般“怪物”，往后退缩，声音越叫越小，不敢过来。谢家兄弟负责锯树，趁着雷雨大作之时，一下子放倒了大树。二姑父大笑着说：“那时年轻，觉得挺有趣的，给朋友帮忙，敢干！”

往事之四：二姑父每说到两个亲人早逝，很是伤心。一个是儿子，叫延火，在旧中国出生的，二姑父中年得子，很是高兴，办了三天酒，谁知1952年夏天，延火突发高烧，淋巴结全肿了，几天就夭折了。二姑父指着我说：“儿崽，比你还大两岁呢。”接着轻轻地叹气，补充道：“讨债的，是向我讨债的。我前世欠他的。”还有就是二姑父的弟弟，叫宗新，生得强壮有力，22岁时被招去当保丁，维护地方治安，有一次奉命抓小偷，追小偷，别人都跑不动了，他体力好，便一个人继续追。小偷气喘吁吁地坐在地上说：“大哥，请你放我一马，我感谢你，狗急了也会跳墙。”宗新大怒，喝道：“敢吓我！整死你！”伸手来拎小偷，小偷猛地用藏在袖子里的匕首一下子刺中了宗新的腰部，宗新当场倒下，小偷也跑了。宗新被抬回家，不久就去世了。二姑父叹息着说：“要是在现在，他俩都死不了，现在医院的医生多厉害，吊吊水，开个刀就行了。”

1958年，二姑父添了个儿子，产婆接生，把婴儿放在筛子上面称（意思是筛子上面的宝贝不会漏下去，平安无事），重九斤，乳名就叫九斤。九斤大了，娶妻生子，二姑父挺高兴。谁知2003年，45岁的九斤患了肠癌。其时，二姑父84岁，他老泪纵横，拉着我的手说：“儿崽，我就九斤这么个儿子，老鹰单叼独老母鸡，他怎么得了这个病？”我努力地安慰他，要他保重身体。又过了三年，48岁的九斤还是去世了，二姑父欲哭无泪，总是念叨：“我就这么一个独苗儿，老天太无情！”我陪他聊天，让他倾诉一下，请他务必节哀，还有儿媳、孙子、孙女，一大家人还要生活下去，不能加重家人们的负担，他默默听着，点点头。从此，二姑父天天把时光耗在菜园里。他个子本来不高，年老力衰，正常的箩筐、水桶，他挑不了了——绳长了，他改短，常挑水、挑灰在菜园里、田埂上，浇菜种豆，消磨时日，怕听人笑语，不与人讲话。有一次，我送治高血压的药给他，欲语泪先流，他也就讲了两句话：“儿崽，你还记得我高血压。吃不吃药都无所谓了。”我自然想起了“风前之烛”“瓦上之霜”的古语，眼前老人跟三十多年前和我们在一起干活，说笑话、讲故事的那个二姑父，是天壤之别了。

九斤去世后的第二年，他儿媳妇拟招赘一男人来家主事种田。当我和二姑父谈心时，他非常大度地说：“儿子去世了，儿媳要怎么做，都是她自己决定的事，我有什么话可说呢，又有什么办法呢。”其意明了，其情伤哀，其心可察，这位九旬衰翁所承受的伤痛是不言而喻的，真如他早先说的，人生有命。

二姑父选择搬到邻居家一个空屋里独居，不看为静，虽然是凄凉独居，或许他心里还平和一些。就在这一年，二姑父郁郁而去，终年90岁。

写这篇文章之时，小区邻幢有老者辞世，乐队正在奏安魂曲。二姑父已去世十三年了，想必魂已安定，他一定已经细细地寻觅过了，一定找到了他的两个儿子——九斤与延火，还有他的兄弟宗新及其他亲人。

祝愿二姑父在天堂过得好！

徐家大老表

徐家大老表是姑奶奶家孙子，我是舅爹爹家孙子，属第二代老表了。大老表长我14岁，我读小学时，他近30岁。大老表终身务农。

60年代初，农村搞责任田，我家有四五亩田，父亲是教师，忙于教书，种田不内行，母亲照应我们兄妹四个。我是老大，才十二三岁，家里农活都积在那儿，别人家干得都要结束了，我家还没行动。这时，父亲便找到大老表，让他来帮个忙。一两天后大老表便邀了其他几个老表来突击干上一天，如栽秧、打稻、种小麦什么的，把积存的活儿一下子都干完了。

有一次我家建两间房子，大老表领来一群师傅，从清基、砌墙到搭桁条、钉椽子、盖稻草，他们个个能干，样样内行，两天就把房子盖好了。

父亲常向我们夸奖这位大老表。当时，我家成分高，胆子小的亲戚不敢上我家，这位大老表与我家始终来往，不离不弃。找他的事，大多是吃苦出力，他都想方设法帮助完成，从不要任何报酬，连工具都从自家带来。

我回乡务农有两年了，会干不少活了。大老表家要建房子，父亲对我说："我们家许多活儿都是你大老表来帮忙，他家做屋，你去给他家帮忙，完工才回家。"我到了大老表家，小工们都在挑土基，一趟一百多斤，人人干得满头大汗，我挑了几趟，大老表怕我吃不消，让我跟在一位师傅后面做下手，打灰巴。打灰巴，就是先用乱草铺底做纤筋，再用稀泥抹平，做成厚约1厘米、宽约1

米、长约6米的泥毯子，待房子桁条、椽子等弄好了，把泥毯子卷起来抬到屋上放开，做成隔热层，上面再盖瓦，也有人家用油毛毡的，但这种灰巴又便宜又好使，冬暖夏凉，可见老百姓的智慧了。

大老表特别辛苦，一会儿木匠找他，一会儿瓦匠找他，一会儿人手不够他就顶上去。一天干下来，我腰酸背痛，我干的还是最轻的活儿，大老表算是照顾我了。吃过晚饭，天已全黑，匠人们走了，我直犯困，想睡觉，大老表对我说："我俩去工地上把材料整理一下，做些泥灰准备明天用。"这一干就是两三个小时，弄好已是晚上九点多了，大老表又说："我俩去盛桥夏村郎家老表那儿取洋钉，明后天要用，白天忙没工夫去。他是开汽车的，从外面今天才带回来的。"那时钉子、铁丝等建筑材料都不易买到，大老表托郎家老表从外地找人买的。到盛桥夏村，有七八里小路，那时无车，夜晚漆黑，我俩高一脚低一脚，取回钉子，到家已是夜里一点多了。第二天天亮，我起来一看，大老表已把稻场上一堆椽子都挑到工地上了，他几乎一夜未睡，他笑着说："家里做大事，一定要提前安排好，不准备好，十几个工匠一来就会窝工的。"

一幢房子建下来，大老表的谋划眼光、组织能力，尤其是吃苦精神，我实在领教了，比小时候看他帮我家干农活时认识更深刻了。邻居都说大老表勤快内行，能吃大苦，的确如此。

真正和大老表交往，是我三十几岁以后，那时我父亲已经去世，大老表来我家，便是我接待他了，我三十几，他四十几，都是成人，岁月抹平了我们交往之间年岁上的差距。

1980年，我到大老表所在的乡镇中学当教师，大老表的小儿子是我的学生。大老表对子女的培养很用心，虽然他自己不识字。当时，他大儿子已从大学毕业，在高校任教，他说一定让小儿子也要考取大学。大老表常带信给我，让我放晚学后去他家吃晚饭，说说他小儿子学习情况，说说村里的事，说说老亲戚家的事。每次吃饭都要等到天大黑，大老表干活总是要干到那时才收工。说他们大队东西南北中都有他的自留地、小菜园，这有点夸张，但的确是，坎子埂畔、河滩子上、过水沟边、桥头空隙，只要有一点空闲之处，他都要种上点什么，或豆子，或芝麻，或山芋，水边上他也要栽上几棵杨柳，长大后砍枝丫，做烧锅柴。除去常规的种田种菜外，这些到处都有的零碎土地，使他格外忙，他每日巡查这些地方，不让牲畜践踏。待到收获季节，大车小担地弄回家，堆到谷场上。人家田里种两季水稻，他家田里种了两季后，又抢种油菜，或是大蒜、蔬菜。他家的日子比一般人家好过，只是人很辛苦。

前几年，大老表查看他的各处碎地，是骑着人力车，后来与时俱进，骑上电动三轮车。电动三轮车载人还能载货，又省力又快，但是电动车没有人力车听话，一次巡查中，电动车不听使唤，兀自拐弯，大老表摔断了三根肋骨，戳破了肺，住院治疗。我们去看他，他笑着说："不要紧，受点小伤。这回没注意，吃了亏，下次注意点就行了。"出院后，他家人便不让他骑电动车，他不听，硬是又骑电动车巡查，不到两个月，又摔了一跤。我再去看望他，拿点礼金慰问，他坚决不收，说："上次我住院，你已经来过人情了，这次一定不能再收。我伤一次还能要你送一次？肯定不能收。"我笑着说："这次以后别骑车了，我们也就不要送了。你都八十多岁的人了，不能再骑电动车了，年纪大了，头脑反应慢了。"他点了点头，从那以后，他不再骑电动车了。伤好后，他骑着人力车到我家，对我说："老表哇，我身体很好，田地他们也不让我种了，我不能歇着，你给我找个当保安的事干干，看大门总可以的，一个月也能挣个千把块钱。"我真没想到，他84岁了，还要干保安，便安抚他说："你年纪太大，单位一般不要，我给你问问看。"我打了个电话给他的儿子，说了这个情况。他儿子说："别听他乱说，我去年就给他请了个阿姨，烧饭、做家务、料理生活，他硬是不要。84岁了，居然还要去打工，哪家敢要，你别理他。"这时候，离大老表去世仅有大半年的时间。

大老表喜欢到我家来聊天，我们两家相距三里多路，虽然属两个乡镇。他常常是太阳下山收工时来，在我家竹园里砍几根竹子，回去修农具用，连竹枝叶子也带回去做扫帚，他说不能浪费了；或在我家摘点桃子、李子、板栗什么的带回去，还给我打招呼说："果品树下无快刀，村邻小孩来摘点吃，随他去，不要做恶人。"有点像杜甫诗《又呈吴郎》中劝告吴郎的意思。我笑着说：

“知道知道，我们家都喊村邻来摘，特别是新鲜果实，不摘也烂掉了。”吃饭时，我向大老表说：“你不早点来，没准备菜。”他说：“我就怕人家麻烦，从来不提前打招呼。”我拿出一瓶酒欲开，他制止说：“上次我带来喝的那散装酒就好得很。瓶子酒价钱贵，只是个名气。”我亦随他。他喝了二两散酒，背起竹子走了。他不在人家留宿，也不要人送。

县里建工业园区，征用到大老表家一块地，这块地边上有个小水宕子。当丈量人员丈量到这块地时，村干部向大老表说：“这个小窖子就算你家的面积。”这样，大老表便可多得到一千多元补偿款。大老表辞谢了，他说：“这个小宕子是这几户人家浇水共用的，当初分地时也没有给我算面积，这个钱我不能要。这儿几户人家应当平分这个钱。”大家都竖起大拇指，称赞大老表。

大老表的大儿子在北京工作，接大老表夫妻俩去北京住，一是尽尽孝心，二是他们购了新房，正在装修，要帮忙照应。大老表儿子的新房，室外有花圃、水池、香樟树，花圃里栽了不少名贵的花草，水池里养了美丽的金鱼，还有双色睡莲，大老表不待见那些花草，硬在花圃里种了白菜、萝卜、菠菜等，说菜可以吃，省下了买菜的钱，花只能看看，可有可无，结果花圃里便以他的青菜、萝卜为主了。种菜便要浇肥，大老表找个小便桶，又扎个草刷子，金鱼池成了他刷小便桶的污水池。大老表下菜地穿胶鞋，到家门口常忘记换鞋，把家里弄得尽是泥脚印。他儿子委婉地向他提出此事，他很不高兴地说：“嫌弃我是农村来的，泥巴擦一擦不就行了。”照样我行我素。一次晚上大老表洗澡，怎么拧水龙头也放不出水，他很恼火，骂天骂地一番。第二天早上，一屋子都淹了水，水龙头还在淌，全家人虽未指责他，却都望着他，他也挺尴尬的，晚上睡到床上，大老表想了一夜，觉得这儿不是他待的地方。忍了几天，他终于向儿子提出要回老家去，态度坚决，不容商量。

大老表一回到家，便打电话约我去他家叙叙，他说：“还是家里好，一回来觉得样样都好。”2020年11月21日下午，大老表在家里劈柴，一斧子砍下去，柴劈开了，斧子滑出手，他一个趔趄就地倒了下去，溘然长逝，不拖累家人，不痛苦自己。

古人云:人生如蜉蝣于天地,似雪泥鸿爪之有痕,又似风过山川之无痕。大老表的一生,活着不介意别人怎么看他,死后也不介意别人怎么说他,他过得自在,活得自然,这就够了。

特作此文,表达我对大老表的深切思念。

在小华山墓园里回想

站在沈亭村的小华山墓园里，望着那密密坟冢，高高低低的墓碑，一层层，一片片。这是一个很大的公墓区，纵横好几里，不由想起了2010年我家迁坟来的情形。

我家原来住在曙光村，2019年曙光村被辟为工业园区，我们村庄便被整体拆迁，随之便是家里的老坟的迁移，迁到一个叫小华山的公墓区。小华山是一片丘陵，山峦汇聚，纵横交错，做公墓挺合适的。我去寻找了一块较为平顺的小坡，打算把去世的五位亲人的坟墓迁来，分别是：祖母、父亲、亡妻张惠兰女士、岳父、岳母。济民弟弟向我建议道："你迁五个坟去小华山不如顺便连我们这一代人自己的坟墓也一道找个位置定下做好，你把顺序安排好，墓穴做好，我们去世了，往里面一填就行了，一家人生前在一起，死后葬一起，还有点像过去葬在老坟山的感觉。后代来上坟也方便，省得这里来一下，那里找一下。"他说得很实在，我有点迟疑。还没死就做坟，觉得有些不妥，济民又幽默地说："过去皇帝一登基就开始建造陵墓，造了几十年，不也挺好的吗？你怕什么！"就这样，我与济民两家，加上我母亲当时健在，我们订了十个墓位。

按照墓穴施工师傅的建议，我们将墓穴选在山坡向阳处，第三层的位置。师傅们在小华山做好了墓穴，我请石匠做好了墓碑，2010年5月23日，我们把曙光村老家门口五个坟迁到了小华山公墓，随即把墓碑立上，还给远在工山镇栗阳村我未曾谋面的祖父与曾祖母的两个坟也立了碑。家里的下代及部分亲戚都来了，到了下午两点，还有个仪式，或说工程完成。

今天，我顺着墓冢间的台阶往下走去。路边就是岳父岳母的坟墓，岳母于1984年去世，岳父于2001年去世，他们有两个女儿，亡妻张惠兰是小女儿。他俩1983年从九连乡搬到我家，与我们共同生活，岳母去世前一再向我说，他俩死后，务必葬到娘家老坟山，不要成孤坟，我一直记着。岳父与我们在一起生活了近二十年，他种田种地，砍柴种菜，一刻也不歇，贡献极大，每天晚上喝二两白酒，就是他最大的乐趣，后来患了食管癌，大半年便去世了。生病期间，他说不想火化，想入棺土葬，那时候政府要求火化。我坐在床前与他谈心，说我是国家干部，你的两个外孙也是国家工作人员，我们家不响应号召，群众能响应吗。他很快就想通了，还安慰我说："中央那么多大领导都火化了，我也能火化，不能让你们为难。"我很感动，那个时候，他还在为我们考虑。

向前走几步，便是济民的坟墓，他患脑肿瘤，2015年去世。我们把家里老坟迁到小华山公墓的第四年，一贯身体硬朗的他竟然去世了，他比我还小四岁，令人痛心。他开铺卖肉，平生好酒，能吃能喝，一餐能喝白酒一斤以上、能吃大肉一斤开外，每天夜里两三点就起床去市场摆铺面，工作很辛苦，难以休息好，或许就是这喝、吃、累三个方面影响了他的健康。去世前两年他就患上了高血糖症，指标达十六点，正常人是六点多，先是吃药，后是打胰岛素，就是这样，他喝酒一点也没限制。常常是一上桌子，酒就倒满了，我劝他少喝点，他笑着说："生死有命，富贵在天。"还开涮我说："老大你劝我少喝点，你不也喝醉过，你是土地菩萨劝木头菩萨——我们是一样的。"高血糖加上脑干胶质肿瘤，一年多便去世了。

往前平走几步便是亡妻张惠兰女士之墓，墓碑上镶嵌着一幅陶瓷质地的彩色照片，在笑，这是她生前自选的。2008年10月6日，惠兰查出胃癌，8日去南京，10月14日进行手术，打开腹腔后，医生说已经转移扩散了。我们瞒住，只说手术很成功。再去北京，大儿、小儿轮流陪同，我陪她去了四次，最后一次由静文、文峰两个儿子陪着，他俩让惠兰乘坐了一次飞机，惠兰很高兴，回家和我说，坐飞机的感觉特别好，夜晚从天上看地下城市灯光，如宝石般闪烁，真是天上人间。大儿托人购得“胸腺肽”，说有效果；我托人弄来中药偏方，熬制了几十副中药；大儿又托人找来某教授的祖传秘方，惠兰吃了直说想吐。2009年元月下旬，惠兰全身疼痛厉害，3月份吃不下东西，4月份神志不清楚，已全身浮肿，输液也输不了，5月13日晚去世，年仅57岁。

惠兰坟墓隔壁是我母亲的坟。母亲长寿，享年95岁，父亲去世后，母亲独自生活了近40年。92岁前母亲都是自己烧饭做菜，洗衣拖地；83岁前未住进小区，在乡村，她都是自己经营一大块菜园，蔬菜自给，我们还常去她的菜园里弄菜回家。母亲最后两年在养老院度过，我们常去看她，她总是笑着说：“你们工作忙，不必来得太勤快，要以工作为重，我现在‘老害人’，一点事也不能做，‘害’了你们。”在泾县的妹婿卫江星、妹妹周玉琴，对母亲尽了很大的孝心，他俩几乎每周都要来探视一两次，风雨无阻，母亲吃的用的，他们常从家里带过来，感谢他们。

母亲的旁边是父亲的坟墓。父亲1948年开始教书，1979年恢复小学校长职务。我从10岁读三年级就跟着父亲走，他调到哪所学校，我就转到哪所学校就读。三年级时父亲就让我写日记，每天他都要过目，予以批改。小孩子只知道写具体实在的事物，写着写着，觉得实在没东西可写了。父亲引导我如何写事物背后的场景，来龙去脉，及可能产生的后果与影响——写出广度与深度，锻炼了我的写作能力。我在工山小学读六年级，父亲是我的语文老师兼班主任，那年我考入南陵中学读初中，父亲很高兴。后来学校停课，父亲要我回乡务农，他说：“学校目前不上课，你先回来学种田，待学校上课了，你再去。”这一待，便是十几年过去了，我1979年进学校当民办教师，1980年转为公办教师，终于又进了学校，父亲又高兴了一回。当时我在一个设有初中班的小学任教，父亲对我说：“你转正考的是初中教师，你应去正规初中任教，那样才有机会去进修，提升自己的教育教学能力，提高自己的学历，不然你那初中学历将来不好用。”果然，我调到工山初中任教后，1983年便入芜湖教育学院学习(函授),1986年获大专文凭。那几年,父亲与我,还有我妹妹,三个人同路去上班,都在工山镇当教师,村里人说我家“三个人吃国家饭,拿工资”,颇有称赞之意。父亲边走边对我们说:“要认真教学,就跟农村里请木匠瓦匠师傅干活一样,手艺不好就无人请你,若教学效果不好,家长都不愿把孩子放在你那个班……”不幸的是,父亲于1984年10月突发脑出血,溘然去世,终年59岁,尚未退休。

最南边是祖母的坟墓。父亲去世后,82岁的祖母悲伤过度,整天精神恍惚,丢东落西,沉默少语,于三年后即1987年去世。祖母很能干。1950年祖父去世,她四十几岁,领着一家人讨生活,她种田种地,砍柴、挑水,栽秧、打稻,龙骨水车扛上肩就能走。祖母常教我们做事做人。我从学校回乡务农,祖母手把手地教我学会各种农活,教我虚心、努力、自信、友善待人。记得一次大门口站了个讨饭的,祖母先是和她说上两句话,拉近了距离,再用干净碗盛上一碗饭,夹了菜,端端正正地送给她,看见她脚上鞋子坏了,便找出一双半旧的布鞋送给她,待她走了,祖母告诉我们:“人不知道前后,谁都有不顺当或落难之时,不要瞧不起人。”那场景犹在眼前。

我们家这一排坟墓二十多米远的后面,是我大妹周玉珍的墓地。玉珍妹,吃苦最多,因为家里安排她从小就割草打柴做家务,而我们去读书。她出嫁后,一连生了4个女儿,大女儿还夭折了,她总觉得没生个男孩,是个遗憾,思想上一直有负担。娘家的人,娘家的事,总是玉珍的牵挂。我儿子静文出生时奶水不够,恰逢玉珍生第一个女儿,她天天让出些奶水喂静文,经常是喂一下自己的女儿,又要喂一回静文。静文考上了大学,侄儿周伟考入了医学院,小儿文峰考进了警校,玉珍都高兴得不得了,送上大红包,请侄子们吃饭,要他们再接再厉。可惜的是,玉珍于2006年3月26日突发脑出血,27日去世,年仅55岁。

又逢清明节,传统的祭扫亡人陵墓的日子。过去我们上坟要带锄头筐子,为坟墓加盖新土,如今是水泥坟墓,不用培土了。我们缅怀亡人,是追思与他们的情感,寄托哀思,不忘他们,珍惜当下,热爱生活,爱护家人。古人早已有把清明祭祀扫墓与踏青春游并联起来活动的提法，现代人更乐于这样做。你看，来墓园祭扫的小车一排排停在那儿，祭扫完毕，他们去附近山上看看春色，拍几张照片，折一束杜鹃花；或是把车开到农村的亲戚朋友家，顺便走亲访友；或是全家去找个当地的“农家乐”饭馆，品尝时令蔬菜，小饮几杯酒，祭奠了亡人，善待了自己，

亡人已逝，生者自悟，天地之间，物各有主，人生似落英，无喜也无忧。有一首歌唱道：“人生有聚散，道路有崎岖……今生是亲人，来生还相依……”说的大体都对，唯有“来生还相依”，只是一种寄托了。

第二编

我的家园，我的乡亲

我是1966年从学校回到家乡务农的，从那时起，对家乡的认识、对父老乡亲的了解，才多了起来。1980年我被选招为教师，外出工作，但是家仍在那儿，一直到住房被拆迁，才算完全离开了那个叫高塘叶的小山村。2019年高塘叶村拆迁完成，建为工业园区。我最难忘的是我在家乡务农的时光。

高塘叶村在南陵县民政局2021年出版的《南陵县地名志》中改成了“叶村”，那本书里对全县每个自然村都有记载，并有村名的来由。它记载的是：叶村，因此地叶姓居多，并建立村庄居住，故得名。我听老辈人讲，清朝时，这儿就称高塘叶村，因为该村坐落在丘陵中一平坦高岗之上，有点像黄土高原地区的“塬”，村子西边就有一口面积十几亩的水塘，这口塘到2019年才被填平。高塘叶村是高岗之上水塘旁边的叶家村子之意（其时全村叶姓只有一家），前面的几个定语不能省去，那才是原汁原味的表达。不知什么时候，什么人图省事，抑或嫌“高塘叶”三个字土气，改成了“叶村”。村庄连接着祖先的脉搏，是一方历史、地理、人文诸多方面的结晶，有特定的内涵。

六七十年代，高塘叶村或叫高塘叶生产队，有60多户，300多人口，水田350亩，山林山地800余亩，算是比较大的生产队了。村庄在中间，田地围绕村庄，七冲八川的丘陵地貌，每条冲里都有相应的当家塘，保证农田供水，村北高处有座当家水库，可以灌溉全村大部分农田，农业收成基本上旱涝无忧。

家家门口有个小院落，晒点东西，养点家禽家畜，堆点柴草，宅边是菜园，方便得很，有的人家灶下点火了，到菜园里拽把菜下锅都来得及，勤快的人家，菜园里瓜果蔬菜随着季节变化而次第不断。

村子西头钱大爷家就是这样的。他家后门对着高塘叶村那口大塘。大门口的小院子，钱大爷每天扫得干干净净。钱大爷是个种田的好手，他对用牛的活儿特别精通，无论是犁田、耙田、耖田还是豥田（或称朗田），他在生产队都属于"教练"。犁田，无论什么牛到他手里，每天总要比别人多犁二分田，且无论田块什么形状，他都能犁得到角到边；耖田，标准是"出水满天星"，是说把水田里犁土耖平后，细小土坷在田间均匀密布，如星星透出田水；耖田过后是豥田，标准是"寸水平如镜"，对水田进一步平整，过后便是插秧了，把那细小的土坷平整得像镜面，田土如镜，覆在寸水之下。钱大爷绝活独步全村，人人佩服。

1973年，我们村里通电，边架线边进行用电安全教育，不少人听了不以为意，钱大爷便是其中一个，他还做出了一个惊人之举。那一天，钱大爷在生产队队屋上盖草，那时多是草房子，一年要覆盖一次。有三根全裸的动力线从屋顶上通过，钱大爷盖草盖到了电线下，望着那三根像铁丝一样平静的铝线，思忖着：这东西有他们说得那么厉害吗？他站在屋顶上，趁没人看见，悄悄地摸，伸出手去，都不知道怎么回事，身上一麻，头一晕，连同屋上一大片稻草，一下子跌落下来，还好地上也堆满了盖屋的稻草，钱大爷摔在稻草上。钱大爷爬起来，吓得不敢上屋去盖草了，身上好几天不舒服。这件事一时被村里人说道，一下子起到了警示作用。钱大爷以身试电，为大家做了"触电危险"的真实演示。

钱大爷隔壁是谢大爷，谢大爷种田达到精致等级。耘田一般人家是耘一到两次，他的田里耘草达五遍以上，田埂边铲得精光，田间一根杂草也没有。他说："棉锄五遍白如霜，田耘五遍猪无糠。"稻子耘草多次，谷实皮薄，出米率高，加工后糠壳少多了，他承包的田，就是比别人家产量高。

谢大爷两次欲与别人"干仗"，结果都未干起来。农村争吵多发生在夏秋季，因为抢水灌溉农田而争执。一次，那人开口辱骂谢大爷，谢大爷怒不可遏，把铁锹往田埂上一插，一边大声回骂，一边解开衣服纽扣，脱下上衣，又松开裤带，脱去长裤，赤膊短裤，欲上前与那人“干仗”。这期间，村里人纷纷赶来，拉住了双方。之后又发生过一次，别人与谢大爷争吵，谢大爷照例解纽扣脱衣服，发狠要去教训对方，结果都是被别人拉住劝停。村里人都说，谢大爷不愿与人“干仗”，但又不能丢人，他知道一脱衣服，做“干仗”前的准备，定会有人来劝的。这就是谢大爷的精明之处。

谢大爷终身劳累不停，直到去世那一年，还在拖板车，我妻子远远看见他拖着拖着人就一下倒在地上，在地上怎么也站不起来。我妻子上前把他扶起来，让他别拖板车了，他说：“我慢慢走，把这点东西拖回家。”之后几个月，谢大爷便去世了。

往村子中间走一点，便是我二姑父的家。村里人称他黄二爷，他家房子是当时村里最好的：老式的砖墙瓦屋，有天井院子。黄二爷当过生产队长。他勤劳干练，治家有方，我另有专文叙说。

转过一条碎石通道，是生产队队长老沈的家。老沈比我大一属，他做事有虎气。他干活，全队数他速度最快，特别是插秧与割稻，是他强项。我与他在一个小组干了两年，每天早上下田到晚上收工，他犹如一台插秧机或收割机始终快速行进。几天干下来，我遍身疼，有时要请假休息，不然受不了，但这确实也锻炼了我，我干农活的技术与速度有了很大提高。

老沈行事公正，无论是谁，即便是他家里人，干活时哪方面做得不好，他都会直接指出来，或是扣工分。每年给每个社员评定工分级别，一次性定全年的等级，先是民主发言，提出、讨论、初定，最后以老沈为首的队委班子决定。为这事，老沈没少得罪人，但是到年底选队长时，大家还是选了他，他总是全票当选。他干了好多年的生产队队长，是我的老领导，也是师傅。

1972年泾县清弋江综合利用工程上马，要求每个生产队按田亩派劳动力去施工，就是开河道，每天要担土从河底到两边山头上或江堤上，近百米远，空手走一趟都会气喘吁吁，何况挑两筐子土石。大家都有畏难情绪。老沈动员我们几个年轻人说:“事情总要人去干,别的村里人能干下来,我们肯定也干得了。”他亲自带队,我们连续几年参加了这项工程建设施工,圆满完成了任务,老沈被评为该工程劳动模范。

20世纪70年代的一个夏天,天气酷热,老沈中午带领生产队社员往粮站交粮。到了粮站,每个人都是汗流浃背,纷纷把扁担一横架在稻箩上,一屁股坐在扁担上,用草帽扇扇风,等着过磅秤。突然,天空电光一闪,一个炸雷“轰”的一声,震得人心里一惊,接着乌云翻滚,狂风大作,暴雨要来了。粮站稻场上晒了很多稻子,得赶紧收盖起来,晒稻的几个小工又回家吃午饭去了,站长急急地找到我们沈队长,请他动员社员们帮忙收盖稻子。老沈说:“站长你放心,决不会眼看着国家的粮稻淋雨!”随即喊道:“一组8个人随站长去抬雨布,准备盖稻堆子,二组三组随我去抢暴!每组留两个人照看我们队里挑来未过磅的稻子。”我们这儿称暴雨前抢收稻场上稻子叫“抢暴”。雷电叱咤,稻场上抢暴风尘滚滚,终于在暴风雨来临前,收好了粮站的稻子,盖上了雨布,稻子安然无恙。站长紧握住老沈的手,连说:“非常感谢!非常感谢!”几天后,粮站站长送来了感谢信,感谢我们生产队,感谢我们沈队长,站长称赞我们老沈有全局观念,组织领导能力强,做事干练。

向村子北边走,便是周二爷家和周三爷家。周二爷为人实在,干活认真,尤其是插秧,不但速度快,而且活儿非常漂亮,每行秧就像画线一样平正,横竖间距一样,每棵秧苗根数几乎一样。他说他年轻时栽秧,不论田块多长,下田时,背上放一把秧,这头栽到那头,背上秧还在——他途中从不直腰。他有时边栽秧还和我们讲他栽秧的故事:年轻时他们到南京给大户人家打短工栽秧,去的当天他们从田里回来吃中饭,大户家很客气,办了满桌子菜,中间有一盘子酱大蒜,码放成宝塔形状,最上面是一个大的独老蒜盖顶,他不好意思一开始就吃鱼肉,于是就把最上面那个独老蒜拈起吃了,当时也没人说什么。下午栽秧时始终有一个头扎手巾的四五十岁老大妈跟在他后面下趟,总是先让他栽三行秧,老大妈出手跟趟,速度之快,很是罕见,一连跟他栽了三天。周二爷已是很吃力,最后问老板这是怎么回事,老板告诉他:那桌上盘中的独老蒜是栽秧第一大师的象征，一直都是这位老大妈独享，谁吃了她的独老蒜，就意味着向她挑战，你手艺还不错，老大妈说你栽得还可以。周二爷说经过那一次，他栽秧技术有了很大提高。

周三爷家背后有一片绵延高岗，宅前有高塘叶大塘，谓“前有明塘，后有靠山”，搬到此地建房后，添了个男孩，叫“小龙”，“小”字表示谦虚之意。

当时生产队分成三组，我和周三爷都在第三组。有一天栽秧，其他组比我们组多栽了五六分田，周三爷很不服气，向我们说：“明天我起早些，不能比他们两个组干得少，干不过他们，有些丢人！”第二天一早我们去秧田拔秧，到田边一看，周三爷已拔二担多秧了，我们都很惊讶，原来他半夜就下田了。我们挑秧用筐子，他用稻箩挑，他挑一趟抵我们两趟。晚上评工，大家要给他加二分工，他坚决不受，要和大家一样的工分。

1980年我被选招为教师，周三爷为我高兴，专门请我吃了一顿饭。正赶上他家杀年猪，搞得非常丰盛，那蹄膀炖得葱花翻腾，色泽红亮，香气四溢，至今还令人回味。周三爷话说得更令人感动，他说：“你如今考取了国家干部，你是我们老三组出去的人，是我们老三组的光荣，也是全村的光荣，你以后可别忘记了我们这些老乡亲们！”说罢干了一大杯。我也一饮而尽，说：“永远记得父老乡亲们！”真的，我永远记住了这句话所包含的殷殷之情，在后来工作中我也把这句话当作警句时刻提醒自己：别忘了乡亲们。如今，周三爷已经去世二十年了，他家有什么大事，我只要知道了，都要去看一看。

村子最北面是汪老家。论年龄，汪老长我十几岁，当称为叔，可从亲戚关系那边一排，我们属同一辈分，所以尊称汪老。汪老识字，头脑敏捷，又有才干，曾任本地农业社书记、社长等职务，后被以“放任村民破坏山林，失责渎职”之名判刑五年，说他对本社农户管理不到位，致使村民私自砍伐了自留山上松树五十余亩，造成不良后果。汪老1961年入狱，1965年回家，1981年平反，恢复党籍。

有一次早上在秧田里烧包子，就是把牛粪晒干，打成草包，先点着，边烧边埋入土中，垒成土包子，用来增加地温，提高肥力。大家一边干活，一边聊天，有位大叔与汪老争执，说汪老是“被撤职开除”，争了一早上，直到各自回家吃早饭才息了。生产队里人争吵也不要紧，不往心里去，天天在一起干活，早不见晚见，三四天一过就烟消云散了，气性长一点的，到正月里邻里相互接吃春酒，总会在哪家桌子上相遇，主人有意促和，先给双方各递上一根香烟，酒桌上你来我往，三杯酒转着一喝，酒下去了，气通顺了，人和气了。这不，第二天汪老与那位大叔在干活中途休息时，就相互敬烟了，或许是回家后双方都有过反思，觉得这个争论真的没必要。

汪老很信任我，有一天晚上找到我，把个人当年的案情来龙去脉都讲给我听，要我代写上诉材料。第二天我写好了，抄了三份，建议他分两步走：一是政治上要求平反，改正冤案；二是平反后要求落实有关经济补偿及有关待遇。汪老采纳了，大半年后，平反通知书发下来，撤销了原来的判决，组织上派人专门找他谈了话，宣布恢复他的党籍及其他政治待遇。之后，汪老要求落实经济待遇，或按退休处理，但到终老也未办下来，我也为他惋惜与遗憾，责备自己当时建议不妥，当初要是一次性要求政治上、经济上解决到位，兴许能成功。

村子中间有特殊的两户人家。一户姓龚，他家原是中农水准，解放前夕，田地价格便宜，他家趁机买了十几亩田，只种了两年，土改时划为地主，田也分了，当家的男人去世了，女人顶着被管教的帽子。另一户姓邹，邹老先生在国共合作时在当地任过两年乡长，赞成民主，倾向革命，营救过新四军战士，给游击队递过情报，解放初去世了，后因家里开了个做面条的作坊，被划为富农，受管教的帽子也由女人顶着。村里人心善，平常对她们和别家老太太一样，称“龚奶奶”“邹奶奶”。龚、邹两家的儿子，在学校当了老师，又当了校长，每年春节期间吃春酒，邻里相互吃请，他们两个校长也在其中，村邻请他们，两位校长也回请别人，村上小孩念书，找他俩咨询什么的，他们都尽力提供服务。

往东几十米，便是宇大爷家。生产队评定工分，宇大爷当时生产队给他初定九分五一天，宇大爷说：“我只要九分一天，我年纪大了，气力也不行，栽秧用牛都不怎么内行，八分五一天也可以。”大家认为宇大爷做事认真负责，人前人后一个样，一致同意给他定九分。

宇大爷不抽烟，不喝酒，就是喜欢用赶网赶小鱼。赶网是我们这儿在浅水里捕小鱼时用的一种箱状小网，一般为1.5米长、1.2米宽、1米高，三面围住加底，一面敞开让鱼进，一手扶网，一手用三角形“网督子”往网里撵鱼。那时我们村上家家都有这种赶网，宇大爷技术最好，有时我们只赶了一小碗鱼，宇大爷能赶好几斤。有一次宇大爷居然赶到了一条12斤的大青鱼，真是破天荒，宇大爷把鱼卖了，用卖鱼的钱买了一张新网，他高兴了好一阵子。

宇大爷干活时喜欢讲他被国民党部队抓去当兵而开小差的故事。他总共开了九次小差，算是奇迹了。前八次都被抓了回去，但都不是原部队，要是被原部队抓到，不死也得脱一层皮。他每次都是利用站岗放哨的机会，丢下枪，解下子弹，换上老百姓的衣服，逃走了。如带枪弹逃跑，部队追得紧，难度大。虽然逃出了那个部队，但当时处处有部队，他弄不清方向，大路不敢走，小路边走边问，常常是走了七八天又被别的部队抓了去，最长的一次，是逃出去十四天，又被抓到。每次他都说自己是拾荒的，也无大碍。最后一次逃跑是1948年在江西。一个姓苟的班长带他去一个桥头路口设岗，苟班长和村里一个寡妇要好，他让宇大爷站岗，自己跑到寡妇家去了。宇大爷把枪弹挂在桥栏杆上，开溜了，他带走一个钢盔，用破衣服包着，这钢盔有用处，可以烧水、舀水，可以当板凳坐。这个钢盔现在还在他儿子那儿，他们用它舀东西，称“人头瓢”，已成了传家之物了。一个多星期后，他跑回了家，也没人来抓他。

宇大爷受过军事训练，身体灵活。有一次干活中间休息时，他看到我和同伴摔跤，便对我说：“你们读书的学生体格好，动作快，我也受过部队训练，我俩摔一跤，怎么样？”说着他便出手而来，他那时已五十多岁，我才二十多岁，他当然不如我，两个回合后，他又说：“我和周二爷两个人一齐上，你敢应战吗？”说着他俩便围上来，他俩毕竟年岁大了，宇大爷腿也闪了，周二爷胳膊也摔青了，我赶紧向他俩赔不是，宇大爷笑着说：“不怪你，是我们找你比试的，年岁不饶人啦，我们确实老了，年轻时摔跤我厉害着呢！”

宇大爷家隔壁是宇二爷家。宇二爷是抗美援朝复员回乡的军人，在战场上一条胳膊被打伤，落下残疾。生产队让他当了会计，他尽责尽力，受到全村人的一致好评。

宇二爷喜欢喝点酒，喝酒诚实，从不耍赖。有一年正月里，他请村邻吃春酒，作为主人，他频频陪酒，村邻们让他少喝一点，他大声地说：“主不请，客不饮，平日我到你们家吃饭，你们那么客气，今天我做东，当然要尽力相陪！”喝着喝着，宇二爷突然把板凳一拉开，高声喊道：“赶快卧倒！敌机来了，你听，高射机枪响起来了。”说罢，立即往地下一趴——卧倒，满桌人都吃了一惊。事后大家估计，可能是他酒喝高了，外面小孩又在放鞭炮，勾起了他对当年在朝鲜战场上的记忆。

村子东边是老宋家。老宋是生产队政治队长，其实就是副生产队长。老宋在本地是个能人：做田的农活，他样样内行；农村里一般的木工、瓦工，他件件能干；他还是有名的捕鱼高手。村里人有个什么事要请他帮忙，他都热情相助，尤其村里建房子，每家建房他都参与了，村里人对他尊敬有加。

老宋谦虚好学，爱琢磨新事物。1973年村里通电，他和我二人用了一个多星期时间，给家家户户装上了电灯。生产队用电泵抽水，用电动打稻机，都是我俩安装调试的。特别是水稻生长季节，用水泵抽水灌溉，村里田块小、梯田多，我和老宋背着电线，抬着水泵，哪里需要去哪里。水泵连电机近二百斤，从塘底淤泥中拉出来、扛起来，很费力气，老宋那时五十多岁，做起事来依旧充满激情。

1976年生产队决定买一台拖拉机，派老宋和我去县城提拖拉机。取钱、开票、提货，加油、装拖斗、搭上犁耙，发动开车。拖拉机厂陈师傅把我们送到城外——西门藕塘埂，又教我与老宋每人开了二百米，交代了刹车、油门、转向器使用等事项，他便回城了。我们得开回家，我俩谁也没开过这玩意，边开边学吧！老宋先开，挂一挡前行，和步行差不多的速度。老宋年轻时推过大车，可能是手扶拖拉机两个手把和大车两个把原理相似，老宋多少有点感觉

——和推大车差不多。拐弯时，老宋不敢使用转向器，只能凭力硬扳，汗往下直掉，不是天气热，而是心里紧张。我让他停下，我来开一截，我也是战战兢兢，谨慎前行，一会儿，全身汗湿了。到了机耕路，离村子不远了，生产队已派人来接，路边站满了欢迎的、看热闹的人。村边一段路是新修的，又要拐弯又要上坡，开上去难度大，正在为难之际，大队一位拖拉机手路过，他帮我们开了上去。于是鞭炮齐鸣，老少欢呼："我们生产队有拖拉机了！"大家的喜悦之情溢于言表。但是这个彩头让这位路过的拖拉机手夺去了，我有些后悔，慢一点开我也能开到村子里的，估计老宋当时心里也是这样想的。这以后许多年，每与老宋聊天时，总会说到我俩去县城买拖拉机的事，实在难忘。

村子东北边是王二哥家。王二哥做人豪爽义气，行事干脆利落。1970年我家准备建房，需要去何湾那边山区购些木料，再用板车运回来。王二哥家刚买了一辆大板车，是用来到小工山铁矿拖矿石的。那时候，一辆大板车能拖近一吨重，一趟可挣十几块钱，在家挣工分一天只有一两块钱。当时，王二哥脚崴了，在家养伤，我向王二哥借板车拖些木料，并说付租钱给他。他说："你把我看轻了，钱再好，也不能只认钱不认人。板车你拿去用，你再说给租钱，就不借给你了。这几天我脚受伤了，不然我应该帮你家拖一趟的。"又说："你房子开工后，我一定到你家帮忙干几天活。"要知道，那时候，家里买了一辆大板车，如同现在购了一辆十轮大卡车一样，借个板车比现在借卡车人情还大。后来我家建房子时，王二哥特地抽空来帮我家干了好几天的活。

就在第二年春天，王二哥给人家帮忙干活时，被一条小狗咬破了腿，赶紧用淘米水洗了一下，以为没事了。（当时，村里人被猫、狗咬了，都知道用淘米水洗洗就行了，这是祖上传下来的。）王二哥由此得了狂犬病，几个月后发作，躁动不安，日夜高烧，茶饭不进，神志不清，时时乱语。以为中邪了，便请道士作法，用桃木剑斩妖，等发现这一套也不管用，送到医院救治，已是回天无力，王二哥便去世了，年仅42岁，真是太可惜了。

村子最东边是叶局长家。叶局长在本县多个科局任过职，是我们村里走出去的干部之一。叶局长虽然是个干部，但是穿着如老农，待人和善，毫无架子，和村邻关系非常好。记得当时广播播放刘兰芳说的评书《李自成》，大家都喜欢听，那时候文化生活缺乏，难得有这个故事听。村里只有叶局长家有个半导体收音机，每天中午12点，我们村东好几个人一吃过中饭就挤到他家听书。叶局长一家人热情好客，挪凳子端椅子，倒水拿烟，不嫌其烦，这样一直持续到把《李自成》听完了。

你若向叶局长借个东西，或是借钱，他只要有的，满口答应，不会拒绝，不会推辞。当有人说，某某借了叶局长家的什么东西，已经一年多了，还未还，叶局长听了会说："那是他家目前可能还不上，到时他自然会还的。"叶局长有一辆上下班骑用的自行车，那年头，自行车是农村"三大件"之一，属于稀罕物。星期天叶局长不上班，我便去他家借自行车，他叮嘱我："周一我早上上班前送来。"我便骑走了。那时我是个小青年，他能借自行车给我，说明他信任我，真是给足了我面子。

我成家后，有一次请木匠师傅做家具，中途缺一根木料，临时又买不到。木匠师傅推荐说："你去叶局长家借一下，上周我在他家做柜子，他家有剩下的木料。"我到叶局长家说明来意，叶局长说："你去找吧，哪根能用就拿哪根。"第二年我才买了木料还他，送去时，叶局长说："一点木料，用掉算了，还什么！"说得我都很不好意思，连声说："迟还了，迟还了。"

叶局长做事认真公正，原则性强。他儿子一直在农村种田，村邻都说他应该利用关系给儿子找个轻松的工作干干，他笑笑说："什么事都要人做，种田未必不好，再说我这点权力是属于公家的，一谋私利，就变成搞特权了，那是搞不长的。"他儿子今年七十多岁了，一生种田，全家和睦，其乐融融。

1973年，我们生产队装电动打稻机，需要特定的轴承，我到大队开了介绍信，去县城物资局购买，物资局不卖，说要以旧换新，我们是装新机，没有旧轴承。生产队等着用，我必须弄到，想想便去找叶局长帮忙，又担心他不愿意，因为他最不喜欢开后门。当时，叶局长在县委组织部工作，我把情况一说，他立即放下手中工作说："队里等着用，我马上陪你去物资局。"那是夏天，又闷又热，叶局长和我步行到物资局，正好物资局的主任是叶局长的老部下，我再次说明了情况，留下介绍信，很快就买好了。

叶局长已九十高龄，身体健康，思维清晰。我们拆迁搬到阳光小区，还住在一起，我常去看他，常叙乡情。

高塘叶村南边一里远，还有一个小村子，是从我们村子分出去的，同属一个生产队，坐落在山岗上，小村子也无村名，我们通常称这个小村子为“山头上”，意为我们村子边山头上的住户。

山头上几户人家，最南边的是花大哥家。花大哥特别能吃苦，做事谨慎。花大哥家在生产队水库旁边，水库泄洪闸坝常年的筑坝拦水和开闸放水都是他义务承担。夏天暴雨，特别是夜里，他也要去筑坝拦水，事成后全身湿透，从无怨言。生产队出工时，早、中、晚都要吹哨子，他就是“吹哨人”，这个事情十几年都是他在做，队里从没给过他一分钱报酬，真不容易做到。

1972年6月生产队去繁昌乌龟墩购毛竹修农具，那时没有车子运，尽是山道，靠人去扛，100斤毛竹20工分，多劳多得。那地方离我们家有四十多里路，生产队去了20多个劳动力，天未亮就出发，到乌龟墩已经10点多钟了。那堆场上毛竹堆得满满的，每人选好后便开始捆扎，山里人扛毛竹是捆成一束，成一字形，方便山路上行走，手里拿个大杵，换肩休息可用大杵撑住毛竹。我们不会用大杵，不善于扛而善于挑，把三根毛竹左右各一、中间撑开，中间一根与左右两根系上绳子担在肩上当作扁担，但在山道上很不好走。我在毛竹堆场上发现一根特大毛竹，便拽了出来说“我就扛这一根”，认为扛一根简单省事，过秤以后，这一根毛竹118斤。扛毛竹的队伍在山路上逶迤而行。我扛了两三里，便觉得自己先前的想法错了：这一根毛竹放在肩上，肩膀窄了，放不下，容易打滚掉下来，头必须向一边歪着，才能放下毛竹，一只手握不下，须双手握着它，这样才能勉强行进。一路上，被毛竹上擦着头发，生痛，头老是僵着，酸痛难忍，行走时身体都得歪着，实在忍不住，终于掉队了。花大哥在最后，他是带队领导之一，他调侃我说：“粗的扛着快活吧！你是头一回干这个事吧？想图省事，你还嫩了点。”“你来挑我的，我俩换一下吧。”花大哥又说。我俩换了，我终于回了家。事后花大哥告诉我，因为始终歪着脖子扛，回来后他脖子疼了好几天，犹如睡觉落了枕，难受。

有一次干活时，花大哥无意中说到他家放在户外缸里的猪食常被野狗偷食，我们几个小青年便说，今天晚上去你家打狗除害，我们也弄锅狗肉吃吃。晚上我们四个人去花大哥院子里埋伏着，果然来了几条野狗，把缸盖弄翻，把头伸进缸里吃了起来。我们拿着家伙一拥而上，岂知野狗动作特快，狂叫一声，张牙舞爪，夺路而逃，一条不剩。我们估计它们还会再来，决定再等。果然，一个多小时后，野狗又来了。这次我们调整了布局，两人上前，两人在外围，结果其他狗还是跑了，唯有一条冲开花大哥家虚掩的大门，进了屋。我们大喜，关起门来打狗——这下稳了。刚关上大门，那狗一头撞开房门，爬上桌子，冲开窗子，逃了。冲出窗子时，还顺脚勾倒了桌子上的香油坛，坛掉到地下，坛碎油淌。我们都愣住了：那一坛香油10多斤，他家在生产队一年就分那么一坛油，可宝贵呢，咋办？我们都说赔他家香油，花大哥夫妻俩说："算了，算了，又不是故意的，我们想办法买一点回来。"那晚我们是乘兴而去，扫兴而归，那狗吠，那油坛子摔下来的声响，我至今还记得。

山头上还有一个姓何的老表。何老表和我年龄相仿，当年我们学栽秧，他决心最大，最能吃苦。他早出工，晚收工，干活时中途也不休息，他总是在练习着，终于栽得一手好秧，令人羡慕。何老表与我们几个小青年夏天晚上经常在生产队稻场上练习扛龙骨水车，扛打稻的禾桶。晚上那些农具都码放在那儿，月光明亮，练习起来方便，练出了一身汗，扑到大水塘里洗个澡也省事。水车、禾桶，别人扛时都要让人帮忙托一下，我们练习是一个人直扛，有点像部队练兵一样，老农们都夸奖我们有力气，有技巧，肯吃苦。

何老表常年穿着补丁衣服，甚至新做的衣服也打上补丁。原来，何老表的母亲去世得早，他父亲带他，新衣服一上身，不久膝盖、臀部就磨破了。他父亲自己不会补，找人又费事，就来个防患于未然。新衣服做好了，他父亲就让裁缝在褂子肩膀处打上补丁，裤子前膝处、后臀处打上补丁，说这叫"加厚"，这样就耐穿了。这个做法，直到何老表娶了老婆才改变。

1973年何老表要建房子娶老婆了。当时建房首先要买木料，何老表在绿岭山区买了十几棵木料做屋檩子，让我帮忙扛。当时，我俩白天要在生产队挣工分，晚上扛。有一次走到中途的戴家汇下面一个村庄，天色已大亮，遇到一个人，不让我们走，好话讲了一大堆也不行，并叫来了两个同伙把我们的木料扛走了。一位老大爷告诉我们，为首那个人姓顾，是个混世的，开始时，你们买几包香烟给他就行了，现在你们只有去找我们大队的书记，请他放行。我们不认识那儿的大队干部，也不知道木料被扛到什么地方去了，何老表说："算了，不费事了，连累你了，就当是害病买药吃了！"回到家里一说，弟兄们很气愤，要去揍他一顿，出口气。何老表的父亲严厉制止，说那是犯法的，要坐牢的。二十多年后，我在该乡镇工作，有一次到了当初拦我们木料的那个村，询问村里得知：当初那个人，姓顾，好吃懒做，喜欢干一些半吊子事，他鳏夫一人，讨不到老婆，已病死多年了。

2014年何老表听到我欲装修回迁房，立即让他两个儿子长青、长余来给我帮忙，同来帮忙的还有昌宝老表的儿子老虎，他们三人都是房屋装修的师傅。装修完毕，我给工钱，他们三人怎么说也不收，说是他们的父亲打了招呼，让他们来帮忙的，一定不能收钱。我真是受之有愧。

村里还有傅大爷、全老表、谢二爷、马三爷……我们都是好兄弟、好乡邻。说不完的当年，写不尽的乡情。

从2009年到2020年，我们高塘叶村拆迁完毕，原来的村庄旧址竖起了一排排现代化建筑和设施，这是父老乡亲们做梦也想不到的事情。这十多年来，家乡面貌日新月异，令人欣然。

我们村子留下了两件东西作为纪念：一棵老柏枝树和一条以高塘叶村命名的道路。原村子北面有两棵刺柏树，树龄应有百年以上，树干比脸盆还要粗，霜皮石根，高入云霄，树冠似巨大圆球，那是我们村子的名片。20世纪70年代，从县城出了西门，农村没有楼房，没有遮挡，我们村又在高岗之上，一眼便可望见那两棵大树。我向同学说我家就住在那两棵大树的村子里，好望、好记、好找。

1974年大队办轮窑厂，要制作能托住瓦胚子的木头架子，必须要用不变形的优质木材,就伐去一根老柏枝树。剩下一棵,建工业园区时嫌在原地碍事,2021年村民用吊车把它移到一个新地方,四周用钢丝拉稳,在树冠上披红挂彩,鸣炮祝它乔迁,它现在是高塘叶村的象征,是乡亲们家园情结的载体。

2021年9月,我到县民政局参加一个会议,讨论本县近几年来新修的十五条道路的命名,要求是:尊重历史,符合习惯,体现规划,好记好找。讨论到在原高塘叶村旧址上修成的那条路,初拟名字是"创业路",参会者认为该路名没有特色,我便提出叫"高塘叶路",并介绍了我们村子的历史概况、地理位置,以及村民们的要求,觉得是符合那四条原则的。参会专家一致同意,就正式命名为"高塘叶路"。

我们高塘叶村是幸运的,已融入县城,成为"城中新村";我们更有幸留下了一棵树,命名了一条路。走着路,看着树,回忆着我们那个恬静而亲切的家园,思念着我们那些质朴而深情的乡亲,留恋过去,更寄希望于未来。

梦回故里忆芳邻

1954年，长江中下游地区出现了百年罕见的特大洪水，芜湖区域内，无为大堤溃口，繁昌圩区一片汪洋。我家乡在南陵工山，水灾影响不大，根据上级政府的安排，让本地住户接纳安置从繁昌水灾地区撤来的农户，帮助他们渡过难关。一邢姓人家于1954年7月安置在我家，之前，我家腾出了三间正房，我家搬到了旁边原来放置农具柴草的偏房里，因为当时政府提出：把最好的房子让给移民住，把最好的田地让给移民种。我家与邢家的邻居关系就此开始。

男主人邢老当时四十多岁，祖母让我喊他邢伯伯。邢伯伯一家七口人，夫妇俩加五个子女：大女儿碧荣，十五六岁；二女儿碧珍、三儿子必华，都未到10岁，和我年龄相仿，在一起玩得多，印象较深；两个小儿子必民、必宏尚在襁褓中。

我家房子后门朝西，是一块菜园地，一年四季各种蔬菜栽得满满的，茄子、辣椒、韭菜、茼蒿、豆角等等，次第生长，应有尽有。邢伯伯家一住进来，我祖母便摘了一大篮子蔬菜送到他家，并带着邢伯伯夫妻俩到我家菜园看看，叫他们随时到我们菜园里摘菜，不必拘束，这菜园就是我们两家共有的。邢伯自此常来摘菜，但祖母还是担心他们家客气，时常摘些菜让我送给他们家，这样的情形一直延续到下半年生产队分了菜园地给他家。我父亲在外地当教师，母亲做事弱弱的，菜园都是祖母打理，自邢伯伯来后，他便主动承担了挖地、浇水之类的重活，说："周奶奶，你年纪大些，这些活我来干，何况菜也是我家吃得多。"他一家都称呼我祖母为周奶奶、我母亲为周妈妈。记得菜园南边靠篱笆埂旁有一畦苎麻，因年年加土覆盖，多年的麻畦成了一个土墩子，称麻墩子。谚语云："种麻不要粪，一年高一寸。"每年冬天麻畦上要盖一层土木灰，增肥又保暖，苎麻根年年发芽生长，一年收三季：头季麻见秧（插秧之时），二季见糠（早稻成熟碾米之时），三季见霜（下霜之时），以二季质量最好。祖母打二季麻时，刮好晒干后，绕成一卷卷的，拿起一卷麻对我说："送一包麻给邢伯伯家，给他们搓麻线上鞋子、裹粽子用。"那时，麻常作辅助生产生活之用，如织渔网、搓麻线等。

菜园的西面有个约二分田面积的小水塘，一则浇菜，二则淘米洗衣，塘里也养点菱角、鱼。年底车塘，我和碧珍、必华，站在塘边看着，看着水位一点点下降，迫不及待地想看见鱼。终于到了下午，剩下最后一点水，鱼儿开始乱跳，我们兴奋极了，真想下塘去捉鱼，但大人不允许。鱼起了上来，我们只能用手摸摸鱼背，特别是一种被祖母称为"称星佬"的鱼，类似乌鱼，但比乌鱼身体光滑，背上长着不规则的点点白花，像是放大的秤杆子。它们多藏在水塘四周老枯树根洞里，不大出来。鱼捉完后，祖母对我们说："这个塘里今晚没有水，四周枯树根洞里躲藏的'称星佬'肯定会到水塘中央来，你们明天早上来看，一定有几条'称星佬'。"第二天早上，我们跑去一看，果然有四条大'称星佬'半卧在泥水中，我赶紧喊祖母捉了上来。祖母又让我送两条"称星佬"给邢家，邢伯伯辞谢不收，说："昨天已给了，不能再要。"祖母笑着说："是你女儿与儿子看到的，见财有份嘛，这是两个小孩子应得的。"

这个小水塘，我可在里面吃过大亏的。那年夏秋之交，小塘里菱角熟了，我与碧珍、必华在菜园里套知了，到水塘里洗手，我顺手用套知了的竹竿捞菱角菜摘菱角，那木头水板有青苔，脚下一滑，掉入水中。必华吓呆了，碧珍机智些，赶紧跑向我家报信，祖母赶到，一把抓起了我，把我倒抱回家，我一边吐水，一边哼哼，祖母把我放到竹床上，又吐了一阵水，睡了一会儿，也就无事了。邢伯夫妇送来了一碗红糖打蛋，说："吃蛋补补精神，怪我家孩子引他去套知了的。"祖母说："怎么能怪你家孩子，他们到我家菜园里，我们在家里却不知道。我家孙子，比你家孩子大，是他带他俩去玩的。今晚不发热就没事的。"

邢伯伯在繁昌老家是个裁缝师傅，当时叫针匠，专门用针缝衣服的，那时这儿还没有缝纫机。邢伯伯有时帮邻居做衣服，人家便来帮他家做农活，这叫换工。针匠是技术活，含金量高，但他和农民换工，一天换一天，从不计较。村邻送点旧衣服让他改造，他热情服务，不计报酬。他和周边村邻关系处得很好。

邢伯伯逢年过节总给我做新衣服，怎么给钱他都不收，并且向我母亲说："大保（我小名）衣服破了，只管拿来，我给他缝补，比你快多了，别拿我当外人，我就很高兴了。"我母亲头脑清楚，前几天还向我说到此事。我母亲还说，老邢心灵手巧，我们家的锄头柄、稻篼把子、挑水扁担、洗衣服棒槌，老邢都帮我们做好，秀气耐用。

邢家在这儿分了田，种植水稻，他们原来在繁昌圩区种地，只种棉花、花生、大蒜等。种水稻难度大，农具多，耕田要牛，要犁耙，车水要水车，打稻要禾桶，当邢伯伯家需要这些农具时，我家有的尽量让他家先用，我家没有的便到亲朋家借来给他家用，有时还要请人来教邢伯伯使用。

三四年过去了，邢伯伯家的大女儿碧荣十八九岁了，长得秀美，不少人家来提亲。邢伯伯找我祖母商量，说："周奶奶几代人住这儿，对这儿人和事知根知底，帮我们把把关。"正好我母亲娘家的一个老表、祖母的一个姨侄孙都托我家代向邢家求婚，这下邢伯伯犯难了，向我祖母讲了实话："周奶奶，以前我一直没同意在南陵开亲，是我还想回保定夏湖家乡去，这里农活我做不习惯，种田的许多农具我也置不起，既然想回家，丢下一个女儿嫁在此地，我舍不得的。周奶奶，感谢你们一家人对我这么好，村邻们都对我好，我还是要回家乡去。"求婚之事加速了邢家离开的步伐。就这样，1958 年下半年，邢伯伯一家回到了保定夏湖。我们两家做了四年的邻居，留下了一段难忘的记忆。

以后每两年左右,邢伯伯都要来我们家一次,来时他总要带些棉花、花生、芝麻给我家,那是他们那儿的特产。我祖母也去他们家探望,带些年糕和糯米给他家,因为他们那儿不种稻子。那时交通不便,来去一趟很费事的。

1972年我们家准备做房子,需要购一批芦席,正好邢伯伯来了,他说:"芦席到我们夏湖去买,我们家江边有芦苇,出产芦席,只要5毛钱一张,南陵7毛钱一张,贵多了。我回家给你们联系好,你们带个板车过去,两三天就拖回来了,可省下100块钱。"那时,种田一天10分工,工值1块钱。

8月,祖母领队,我和妹婿二人拖着板车,顺便带上一包糯米送给邢伯家,早上出发,太阳落山时到了夏湖村邢伯家,路程约一百里。这是我第一次到他们家,受到了他们全家热情接待,杀鸡,买肉,摆酒,满满一大桌子菜。吃饭时,邢伯伯向我们介绍他家的情况:大女儿碧荣嫁到中沟,过得很好;必华、必民已结婚生子;二女儿碧珍嫁在邻村,丈夫下长江捕鱼遇风浪去世了,现住在娘家(果然碧珍脸上一副忧伤的样子);小儿子必宏在部队任军医,条件很好。

夏湖紧挨着长江的南大堤,村子顺着内河小溪排成一字形,除了小溪,房子前后都是耕地。河溪不大不小,作灌溉、生活之用,滋养着村庄,挺合适、挺方便的。饮用的水是翻过大堤去长江里挑回家,放上明矾澄清再用。烧柴用的是收获后棉花、小麦、高粱这些作物的茎秆,家家都有这种秸秆堆子,码放得整整齐齐,门口都挂着晒干的红辣椒和大蒜。房子都不高,皆用木料制成穿斗式架檩,俗称穿枋架子,墙壁多用草筋和泥做成,这种结构都是为防水患而设计的。

第二天,邢伯伯到附近各家把订购的芦席弄到他家门口集中起来,给我们装板车。芦席本来是5毛钱一张,邢伯伯向那些芦编师傅说:"这是1954年发大水我移民去南陵的房东,待我家特别好,看在我的薄面上,这芦席每张再降一分钱吧!"师傅都说好,弄得我们有点不好意思,邢伯伯说:"一张降一分钱,少付5块钱,你们在路上大可以吃顿中餐。"本来第二天中午可以起程回南陵,邢伯伯以养足精神、不摸黑等理由硬留我们多住了一夜,第三天我们才动身回家。

1987年我祖母去世后，邢伯伯年纪也大了，不适合远行了，各家忙于工作，忙于生活，联系少了。

1988年我当教师时，约了一个同事骑自行车去了夏湖，其时邢伯伯已经去世，邢妈妈健在。1989年我们因事去繁昌，顺道去看望了必华一家，还带了几十斤年糕。1993年必华与他一个朋友，骑着自行车，每人带了三袋棉花，到我家来，让我们帮他卖一下。我们在村子里联系了一下，很快把他们的棉花卖完了，本想留他们住一夜，但他俩说回家有事，下午就回去了。1995年4月份，我头天打电话给必华，说第二天下午去他家。第二天约上我弟弟济民一道，济民比我小4岁，和邢家人不大熟，有意让他去邢家走动走动，有个来往，增加点感情。那天晚上我们在必华家欢聚忆旧，尽兴而散。2013年，我退休的第三年，到了夏湖，事先没打电话，哪知那儿已全部拆迁了，正在筹建发电厂，原居民都已搬走了，电话当时打不通，扫兴而归。又过了一个多月，因事路过，找到了必华的电话，联系之后才知道他们已搬到三山新区，我去了必华家，又去了碧荣家，邢妈妈已经去世了，其时已是傍晚时分，我另有事，稍坐片刻，不及多言，便匆匆离开了。

2014年邢家姐弟一行到我们家来，其时我们家也拆迁了，从农村搬到了阳光小区，我到门口去迎接。碧荣、碧华、必宏姐弟三人，还有他们的晚辈，来看望我母亲。母亲很高兴，说了许多当年的人和事，他们还包了礼金给我母亲。必宏住在淮北，还带了淮北的一箱口子窖给我，这酒至今还珍藏着，等他们来喝。

2021年12月11日下午，我去繁昌三山新区寻找必华，到了三山打电话给他们，哪知电话是空号，我以为上次去过，认得住处，结果找不到，问了一个保洁员，她说，夏湖拆迁的大多在中沟小区，邢必华一家她知道。于是我们驱车又到了中沟，问了好几拨人，都说搞不清，天色已黑，只好作罢。回南陵后，托人查询，找到必华的4个电话号码，前3个电话号码一一拨通，都不是必华，拨到第4个号码，这才联系上了。必华说，那几个老号码早已不用，现在他们搬到了一个新小区，早先住的那个小区房子是租的，现在的房子才是分到的。

一周后，我们驱车到繁昌，再去寻找。先去了横山白象小区碧珍家。去之前给碧珍打电话，碧珍一听，立刻说："哦，南陵周奶奶家，你来，我们非常欢迎！"言语中透出惊喜。今天她一早就让老伴在小区门口来接，我们走错道了，到了碧珍家楼下，她老伴还在小区门口等我们。碧珍开门的一刹那，我还是寻到她小时候及年轻时的样子。我们上次见面还是1972年，当时她是满头秀发的少妇，现在已是满头银丝的老奶奶了。碧珍的老伴杀鱼、烧肉，拿出煮好的茶叶蛋让我们吃。因为必华在催，我们辞别碧珍夫妇，奔向中沟的龙湖新城小区——必华的住处。谈话中得知，碧珍子女都已经结婚生子，事业有成，家庭幸福，令人舒心。

这次有了准确地址，20多分钟就到必华住的小区。我们走进单元楼，一位老人从门外赶了进来笑问："你是南陵周奶奶家的?"一看正是必华，几年未见，他头发全白了，刚才从他身边经过，我们相互都没认出来。大家相视一笑，都说："老了，认不出了。"必华也是早早等在楼下迎接我们的。他领着我们进了202室，我问："你不是说302室吗?"他说这两层，202、302，都是他家的，他家分了两套房，一套是儿子住，正好他儿子在家，我送了近作《春谷松风》给他，得知他在芜湖工作，收入很好，条件不错。

必华家装修很好，电器一应俱全，他说现在什么都不缺了，唯希望身体健康，他住院治疗过一次。我安慰他说："人老了都会生病，是平常的事，我'三高'在身，天天吃药呢！"必华的爱人在择菜，要我们留下吃中饭，并说今晚在他家歇一晚，大家谈谈心。因为早有朋友约了，我说下次来一定在他们家吃顿饭。必华夫妇一直把我们送到车上，依依不舍，挥手告别，我嘱咐他们一定要到南陵我们家来做客。

同行陪我们去的一位繁昌的朋友不无自豪地说："你看，我们繁昌人就是重义，知礼，感恩，热情好客。"确实如此。他还不知道我们两家交往已近七十年，一路走来，虽然平平淡淡，却是心心相印，始终牵肠挂肚。古人云"百万买宅，千万买邻"，有芳邻可忆，有往事可记，故人往来，实在是人生一大乐事。

古亭湿地公园

我们阳光小区群目前包含8个小区，居民达两万人，每个小区因地制宜修建了不少大大小小的公园或活动场所，供居民们游览、休憩、锻炼。我常去当中的“古亭湿地公园”。

“古亭”的名字源于一个叫“五里亭”的村子，“五里亭”的名字源于村口路边的一座古亭。亭子是古代驿路上供行人歇脚或送别的地方，历史上就有“十里一长亭、五里一短亭”的说法，长亭、短亭故事多，看到名字便生发雅意。公园东边有一方水塘，塘边有一小片湿地。这便是“古亭湿地公园”名称的来由。

踏上透水防滑红色彩砖铺就成几何图形的甬道，北甬道与东西甬道相交处，有一棵十几米高的大朴树，树干古朴，树冠如云。

甬道左边是一群银杏树，地面是一片野蔷薇和栀子花，蔷薇花粉红，栀子花乳白，白里透红，香味浓郁，密密看不见泥土。甬道右边是个二亩大的椭圆形草坪，中间有几尊太湖石的造型，像一个大盆景，也像是个舞池。甬道弯弯，通至西边尽头。西边有枫树林与樟树林，铺底的是一片柔嫩的车轴草，盛开着朵朵红花，娇柔可爱，锦绣一片。

若沿着飘带似的甬道东行，会发现左面是栾树林和榉树林，林子稀疏，中间留空种下团状黄荆、齿叶冬青、红叶石楠。站在这儿往南看，是一条季节性河流，利用河床做了下沉式湿地景观，在河道中铺满了山石、鹅卵石，再栽上美人蕉、菖蒲、马鞭草等耐水耐旱植物。这河流每到春夏季雨后，河水漫流，五色美人蕉花和浅紫色的再力花，迎水摇曳，宛若彩溪，加之河边柳树婆娑，时而拂水，别有情趣。

继续向东走，乔木高大，以桂树为主，还有一片水杉，间以紫薇、大紫李、木瓜，或是三五棵一组，或是七八株一块，地表栽满了灯芯草、萱草、蒲苇等，每样自成一片。这里开得最艳、花期最长的是紫薇，从四月一直开到十一月，始终花若红云；开得最香的是桂花，八月花开，香气沁人。

公园东南方尽头，是三条小河的汇合处，就势做成明塘，净化过的水清澈透底，有游鱼可数，岸边有蓝色的鼠尾花轻摇，黄色的萱草花盛开，栏杆上茑萝摇缀，大理菊引蜂招蝶，自然成趣。

公园里，春有花，夏有荫，秋有果，冬有青，四季皆有特色。早上旭日东升，朝霞满天，老人们三三两两徜徉其中，尽享这恬静美好的岁月。傍晚，星月之光皎洁如水，霓虹之光缤纷柔和，它们交织融合在一起，给公园涂抹了一层如梦如幻的色彩。年轻的父母在教孩子学步。一对情侣坐在木椅上窃窃私语，哦，今天是七夕，他俩一定在说牛郎织女或嫦娥奔月的故事……

阳光小区夜市

阳光小区位于南陵县城西南郊区，与县工业园区紧连，居民是县里建工业园区、城市扩建、修铜南宣高速、芜黄高速等重点工程拆迁移民而来的原乡村住户。阳光小区实际上包括8个片区：阳光小区1—7期加原本地小区，内有芜湖科技工程学校、惠民中学以及工业园区公司员工，实际人口达2万人。

阳光小区主街道叫“龙池路”，这名称源于南陵古“十景”中的“龙池布雨”，很有点古雅之意。龙池路北连南铜路，南到惠民中学旁边的燕山路。主街道两边有几条东西走向的岔路巷口，都是摆摊设点的露天好市场，人脉旺，摊位密，热闹多，夜市就在这里拉开大幕。

太阳落到大工山头之时，夜市的摊主们就行动了，龙池路两边的人行道上就有人拉起了绳子，有人放个砖块或木板什么的，表明这块地方归他所用，他人不得侵占，天天如此，便约定俗成。哪个摊子摆在什么地段，便固定下来了。华灯初放，霓虹闪烁，摊位全部摆好，人声鼎沸，各种商品琳琅满目，各种叫卖声此起彼伏。

有当地农户把自家种的蔬菜等拎来卖，数量不多，品质很好，大多是青菜、辣椒、毛豆、毛芋、山芋、茭白、板栗等，还有咸鸭、豆腐乳、酱豆子、梅干菜之类的，人们很愿意买他们的。他们大多为人憨厚，交易时多给点也无妨，因为都是自家产的嘛。在这夜市中，他们凭借产品的品质和自己的态度获得了一席之地。

卖水果的商贩，用多彩的塑料筐装着各种水果，摆放得如棋盘一样整齐，又像托盘里摆放的盆景那样精致，赤橙黄绿青蓝紫，大小长短扁弯圆，有海南香蕉、广东甘蔗、江西蜜橘、黑龙江甜瓜、新疆酥梨、陕西人参果、云南猕猴桃等。商贩卖水果常用三轮车，也有小型敞篷车，车货一体，来去方便。

小吃最受欢迎。兰州拉面、西安凉皮、福建混沌、缙云烧饼、东北水饺、当涂大肉面、弋江羊肉汤等等，摊位招牌五颜六色，温柔而有情趣，或是慈眉善目的大叔掌勺，或是清秀大方的少妇当炉，各显身手，招徕顾客。

两旁酒楼生意也不错。从南铜路下来向龙池路南行，距街道约五十米远，便是海昕酒楼，其停车场停放着各式时髦的轿车，其纱窗内人影绰绰，时站时坐，犹如剪影，便知道里面正是觥筹交错之时，这是雅座雅饮。还有天山酒楼、阳光饭店、威尔顿大酒店、惠明酒楼等，家家都是客满。

豪饮者则选街边的小酒店。老板早把桌子一行行、一排排露天摆放好了，或用帐篷遮罩一下。那一顶顶红色的帐篷，在霓虹灯下，犹如满塘红艳艳的荷花。一桌桌的吃客，努力地吃着，仰起脖子喝，渐渐地，啤酒瓶、龙虾壳摆了半桌子，酒劲来了，不少人脱去上衣，俗称“打赤膊”，呼三喝四，尽兴畅饮。白天劳累，傍晚放松，套用古人的说法，叫“张弛有道”。

善于经营酒店者，往往设有唱歌表演处。“打赤膊”的拿过话筒，做个麦霸，先唱“又是九月九，愁更愁，情更忧”，再唱“让我们干了这杯酒，好男儿胸怀像大海”，若无人讨要话筒，估计他能唱到喉咙发不出声音为止。最后他去结账付款，老板说了钱数，倘若没喝酒，他一定要看看账，问一下价格，这会儿他掏出一沓钱，大略扫视一下，往桌上一甩，老板说“我找你钱”，他豪气地说：“不用找，多余的钱存到你这儿，明天晚上再来！”

街旁的空地上还有简易的儿童乐园。付上两元钱，便可让小孩进去游戏，大人在旁边一边嗑瓜子一边闲聊着，看看街景，既安全，又省心省力。旁边还有个安装着各种运动器材的运动场所，但一到晚上就被一群跳广场舞的大妈给占领了。我看她们双手舞动，怎么看都像她们年轻时在田间割稻的动作，但她们跳得快乐，舞得尽兴，又何必在乎舞姿呢！她们终于过上了一直羡慕的城里人的生活，当然应该载歌载舞，尽心乐之。

至于卖鞋子的、卖衣服的、卖锅碗瓢盆的商贩，前面街道两旁都是。比如鞋子，一双双、一排排、一堆堆、一箱箱排列着，各种颜色、各种质地、各种样式、各个季节的，应有尽有，价格有高有低，让不同人试穿挑选，商贩服务周到，只要来了，客人一定不会空手而归。

还有卖中药材的：灵芝、三七、党参、黄芪、桑葚、枸杞、金银花、决明子等，坛坛罐罐装着，长长短短码着，或泡酒饮，或煮水喝，或炖汤吃，老年人特别喜欢到这儿来看一看、问一问。旁边有个穿百衲衣的白须老和尚，正在推荐少林跌打损伤膏药，还现场推拿，推拿过了再贴膏药效果更佳，但买的人不多。

龙池路南面有个三角形广场，常常放老式的挂布幕的电影，或是外地来的民间歌舞团、杂技团演出，多是老年人在观赏。

夜深了，街道两旁的霓虹灯闪烁依旧，但人流渐渐稀朗了。这时，工业园区夜班员工下班，又掀起一个小高潮。等这一拨人来了、吃了、买了、走了，已入夜三点多钟了。做夜市的还没有走远，做早市的陆续赶来，他们揉粉做面，点火熬粥，准备迎接早客。

虽然都是在重复昨天的故事，但每一天都是崭新的。

童村掠影

童村是工山镇最南边的一个行政村，与何湾镇和三里镇接壤，中间是一条东西走向的平川，两边是丘陵小冲山地。史载元代童姓一族为避战乱而卜居于此，沿山下大路两旁建房，一字排开，颇似街道，当地人称童村街。

童村古街道，上通青阳，下达南陵县城，曾是公社政府所在地，建有供销社、粮站、饭馆、医院、木匠铺、食品站、银行、邮电所、影剧院、豆腐店等，一应俱全。“童村影剧院”几个水泥铸就的大字，镶嵌在一幢二层楼房平台滴水檐下，至今还在向人们展示着昔日的辉煌。可以想象出，当年这古老的街道上热闹非凡：拎篮子排队买猪肉时闲聊的，卖新鲜蔬菜的吆喝着，买卖山货讨价还价的，交粮稻等待过磅谈今年收成的，大喇叭正在播送本地新闻……街道两边摊子上挂着五颜六色的小孩玩具，光鲜的明星照，女人撑着花伞，男人挑着担子……热闹非常，人气极旺。一幅实实在在的民俗写生图，有声有色有味。

20世纪90年代，很多人外出打工，童村安静了下来。街道小巷里长出了青草，许多单位外迁，房子空了，风吹雨打，斑斑驳驳。小街既不像集镇，也不全像农村自然村，唯有童村街的名称未变。

2019年，国家建设美丽乡村的春风吹来了，童村人顺势而为：先修路，把坎坷的街道铺成平整的柏油路，延伸到各户门口，清理了排水沟，街道前后进行美化绿化；再引水，疏通了南后街一条几千米长的失修渠道，从三公里外的万水水库引水而来，水清如玉，沿街并行，可洗用、可灌溉、可点缀风景；再建广场和舞台，在北后街，将当年粮站留下的晒场建成文化广场，在广场修建了乡村大舞台，可演唱、可舞蹈、可集会，为丰富村民精神文化生活提供了场地，而旁边的由企业家钟小六捐资修建的童村村史馆，造型独特，格外显眼。

如果说历史上童村街以集镇商业功能为主，那么如今的童村街就是天然花园式的别墅小区。放眼周围，都是自然耕作的农田。早晨，旭日东升，川峦披彩，“绮树满朝阳，融融有露光”；傍晚，落日熔金，清风吻树，“山气日夕佳，飞鸟相与还”。春来，“晴日暖风生麦气，绿荫幽草胜花时”；夏至，“稻花香里说丰年，听取蛙声一片”。身居此地，心静气爽，可以融入自然中，养性舒情怀。

尹象河从西向东流经童村全境，沿河两岸修了休闲步道。河水亲岸，河岸亲人，两边河堤遍植桃树，春天风摇花落，花落水流，河水宛如一条流动的彩带，人称花溪。溪边远近小村，竹树掩映，炊烟袅袅，阡陌交通，鸡犬相闻，黄发垂髫，怡然自乐，就是新时代的桃花源。

尹象河滋润了两岸的土地，一川晚稻，迎风摇穗。上一季田里烟叶已经采收，据说仅此一季，村民收入就有170多万元。

折向西南，登上万水水库大堤。碧波荡漾在这重重叠叠秀峦之间，平添了几分神奇，使人心旷神怡。1966年勤劳勇敢的童村人发扬愚公精神，肩挑手挖，苦干两年，修成这座水库。放眼望去，与碧水相连的是满山郁郁青青的林木，这里面包含着800亩的青梅基地。嘉树青梅，亭亭玉立，枝叶摇曳。基地负责人介绍：“还有两年挂果，盛产期年收入可达100万元。”远处，童村人还开发了黄桃、油桃、大白桃三桃基地，千亩木耳基地，以及小香薯基地。

童村东北边有个叫学生宕的地方，1942年峨岭乡绅张和声先生在这里开办了南陵县第一所农业职业技术学校——郁青农校，后来办过童村小学、童村农中、童村中学。芜湖八中分部也曾在此，后来并入南陵中学，成为今天南陵中学校史上明确写出的三大源头之一。从这所学校里，走出了一批又一批人才。此处山清水秀，树木苍劲，地势平坦，离大路不远，又与村落隔开，是个办学读书的清静之地，可见当时选址人之用心。

童村，山不高，但秀丽可亲，河不深，但晶莹清澈，一如童村人的明朗磊落、秀外慧中，相处方知其朴实可信。

童村地灵人杰。

九连乡潘氏宗祠庭院印象

南陵县城北3公里，漳河之东，有一蒋塘湿地公园。此处碧波荡漾，莲藕满塘，杨柳婀娜，稻穗摆风，潘氏宗祠就建在这儿。

一下车就看到祠堂前精致的照壁，雕有“二龙戏珠”“麒麟送子”等图案，正东有六角形“祥亭”，南面有如镜的水塘。走入青砖铺成的广场，与照壁相对，朝正南方向的，便是祠堂大门，门楣上方横书“潘氏宗祠”四个大字。两边八根合抱粗的廊柱一字排开，中间两根廊柱，也就是大门的两边，竖写对联“一脉分万流，荥阳恩泽披华夏；千枝归一本，春谷芳声满江南”，字遒劲，意深远。天下潘氏出荥阳，是说周文王的孙子姬荀受封于荥阳，称潘国，遂姓潘，为潘氏始祖；春谷是南陵古代行政区域之称，潘氏宗祠堂名即“春谷堂”。对联追溯了历史，写出了今天。

大门高阔厚实，门面都用碗大的圆形铜饼凸起排列装饰，显得庄重威严，古色古香。祠堂古来就是祭祀先贤祖先的场所，族人议事之重地，族人婚丧喜庆之事亦可在此举行，一般祠堂内部修得宽敞高大，外面也很宽大。新建的潘氏宗祠除了缅怀先祖、联络感情之外，早已成为当地旅游景点，由当地政府监督管理。

祠堂正门紧闭。整个祠堂南北三进，东西厢房连接，成了自然的四合院形式。第一进是正殿，两侧是马头墙，上镶如意顶，挑角飞檐，用卯榫连接、斗拱相缀，层层叠叠，精巧绝伦。第二进是祭祖议事之处。第三进是供奉先祖牌位之地。祠堂外最后面是一座人工堆造的十几米高的山，遍植名贵花木。“前有明塘，后有靠山”，山顶上还有一座四角翘檐的小亭，很有深意。

2017年10月祠堂落成，举行了揭匾、颂谱、祭祖、联欢等多项活动。祠堂建造及维护费用，皆由科技公司潘总一人承担。潘总从深圳返乡，修建本村到国道的公路，资助本村考入大学的学生完成学业，给本村70岁以上的老人每年发放高龄补贴，随后善举范围由本村扩至大江南北潘氏家族，被族人一致推举为族长。其实乡里乡外、县里县外乃至省里省外，资助贫困生入学、赞助养老院等公益事业，潘总都是慷慨解囊。

祠堂东北几百米远是个村庄，疏柳掩舍，曲径自幽，祥和古朴，宁静清雅。村民早已多姓，当然仍有不少姓潘。当年，此处山水有情，接纳了潘姓；如今，潘姓仁义，回馈天地恩情。

祠堂的庭院，北依荷塘，南接小村，尽显乡村风情，庭院的院墙，依地形地势而修，高低自然蜿蜒起伏，墙头仿古琉璃瓦作脊，墙上间隔砌有花卉人物的浮雕，数丈远近有扇形景窗，人可从窗中观看院内全景，无高墙深院之隔离感，墙边紫竹箭竹与桂花紫薇间种，有色有香。

院墙围的是庭院的主体建筑，一幢西式三层楼房，是主人生活起居的地方。房子建得大气雄伟，台阶、通道、廊门实用中见精巧，错落中见整齐，隐约可见室内装饰华美，字画缀壁。高大的香樟树给庭院增添了几分古色古香。林中空隙之地，种有不同颜色的花草，每个季节都有花开花香，草盈草绿，还有些藤状之花，攀了几根在树上、在竹枝上、在院墙头，不多不少，不浓不淡，适得其美，而通道两旁的三色金钱菊。开得热烈，吻人衣裳，亲切甜蜜，是另一种景色。

庭院三十米远的北边是个很大的荷花塘，一条曲曲折折的人工浮桥从荷花塘中穿过，到达小岛上，浮桥不高，离水尺许，两边高高的荷叶，挤过了浮桥栏杆，游人自荷叶中穿行，触手牵衣，尽染一身荷叶清香。想那荷花盛开时的景象，“青荷盖绿水，芙蓉披红鲜”“映日荷花别样红”。

塘中心这座小岛，四周遍植垂柳，杨柳亲水水亲岸，自然协调，一座别墅掩映在垂柳丛中，如诗如画，清风送来荷香，持一竿垂钓，或执一册行吟，或听一曲《采莲》，其乐天成。夏秋之交，若有二三友人来访，烹一条鲜鲤，切一盘香藕，剥一碟嫩菱，就一壶老酒，享一塘荷翠花艳，那境况就是人间天上了。

站在别墅前望见天高云淡，秋爽气清，稻穗一片金黄灿烂，205国道上汽车奔驰，一派生机勃勃。潘家主人意雅气清，出手不凡，有此二建筑或说佳作，点缀了此地，不但增添了人文色彩，而且活跃了旅游经济，可谓好处多多。

几位医生朋友

1986年左右，我因慢性咽喉炎而常去县医院看病，朋友推荐我去找庞在九医生，说他原是127部队医院的医生，技术不错。我去找庞医师看了一回，他看病认真，待人亲切，交谈中得知他与我同年，都是1950年出生。这以后我喉咙有问题就找他看，这病反反复复，麻烦他的次数越来越多。

1988年我又去庞医生那儿开药，他说到他那儿看咽喉炎的两个老病号教师，已开了病历证明，准备改行了，换个工作环境咽喉炎会好些。我说："那我也开个证明，换个职业吧！"他说："你要想好了！"后来，他给我开了病历证明，陪我到医院办公室盖了公章。

庞医生喜欢钓鱼，我便邀请他周日到工山去钓鱼，城里还有两个朋友是钓鱼高手，让他们一道。周日那天，庞医生他们一行三人骑车来了，记得那是冬天，上午温度不高，他们收获不大，吃过午饭继续钓，晚上小聚。以后他又邀请我们到城里小聚，一来二去，我们走动很是密切。

有一次，一位朋友骑自行车跌倒了，面部跌到石头地上，满脸是血，我们把他送到县医院五官科。庞医生前来处理，先消毒擦洗，又对口腔做了检查，说："舌头开了一点，牙齿断了两个，嘴唇裂了一点。你们送得及时，否则口腔出血说不定会堵住气管，严重的会造成窒息，那就坏了。"他边清理口腔边说。他又请来一位外科医生，一直忙到很晚才下班。

亲戚朋友家有要医喉咙的、看耳朵的、瞧眼睛的，我都会联系庞医生。我侄孙女读初中时视力出现了情况，庞医生带着我们去合肥医院找陈林义教授诊治。亡妻惠兰在世患有倒睫，眼睛疼痛流泪，经常需拔斜倒的眼睫毛，视力也受影响，庞医生知道后约去做了个手术，轻松解决了问题，惠兰很是高兴。

庞医生家原先住房总计八十几平方米，分成两处，其间相隔几十米，一处楼上卧室，一处平房是厨房饭厅，很不好居住。他欲在平房上加盖一层小楼，让我给找个搞建筑的问问行否。我请了一个当建筑队经理的老表来看现场。老表说："你这左右都是人家的，你这一小块加盖小楼，要从你家屋基上造四根混凝土柱子上去承重，工程量不大，但比较复杂，首先要左右邻居同意施工，做是可以做的。"我向庞医生建议："再忍几年，小孩们长大后，真不好住到时再说。这小楼就是加盖好了，面积也零碎，不大好住。"果然，过了几年，那儿便拆迁了，老庞对我说："幸亏当时未施工，否则劳民伤财。"

庞医生后来调到县防疫站当站长，我于1989年调至工山镇政府工作，防疫站来工山镇开展工作，打防疫针什么的，我们就有了新的接触。

2007年，我胃出血住院治疗，庞医生等人把我从病房抬到胃镜室检查。住院期间，庞医生几乎每天都去病房看望，送去稀饭、面条什么的，直到我出院。

2010年，我俩都退休了，有家私立医院请庞医生担任院长，开业典礼那天邀我参加，要我为他们医院管理建言献策。我笑着说："我不懂医疗，也不了解管理，但只要我能帮上忙，你只管说，因为支持你这个院长的工作嘛！"后来我确实参加协调过他们医院与地方的几个民事调解事情。

2020年12月，庞医生夫妇去武汉照看孙儿，大家在南陵宴送，我作诗以赠：

夕照陵阳楼入云，举杯同饮送庞君。

有情千里心相近，黄鹤楼头也是邻。

陈明君医生是南陵县医院伤骨科副主任，治疗伤骨是他家的祖传。早先还未流行西医开刀铆钉接骨，都是中医用中药包敷、石膏树皮定型来完成的，当然，这种方法对严重的骨伤，可能效果不是很好。一般性的骨折，或是脱臼，或是扭伤，陈医师一拉一拽，就可以接上或扶正，立时见效；特别是小孩脱臼伤筋的治疗，他有独到之处。县医院的伤骨科，就是他创立的。亡妻张惠兰，当时腰疼腿痛，患有颈椎病多年，严重时走路也受到影响，经过陈医生两个疗程的治疗，疼痛得到很大的缓解，为此我专门给惠兰买了一辆女士自行车，一有不适，就骑车去找陈医生。我肩周炎犯痛，也是请陈医生给治疗的，几十年了，至今未犯。

陈医生的弟弟和我在一个单位工作，又有庞医生的介绍，久而久之，我们便成了好朋友。陈医生原来在乡镇卫生院，什么病都要看，是全科医生，后来调到县医院，善于学习，医术大为提升，最终形成了自己的特色。

陈医生有两个孩子，女儿在日本东京工作，儿子陈功小时候跌成颅脑损伤而留下了后遗症，但是现在陈功学文化、学打球、学书法、学绘画，都取得了骄人的成绩。他参加国际远南运动会羽毛球比赛荣获金牌，在安徽省及国家级特奥会比赛中多次摘金夺银。陈功举办过多次个人画展，南陵县政府领导、县文化艺术界专家前辈都给予高度评价，他的画作多次荣获省市及国家级大奖，荣获东南亚地区残疾青少年书画金奖。周围人都称赞陈医生夫妇有德行、有爱心、有韧性。作为老朋友，我深知，陈医生夫妇为子女付出多少心血。我写过两首诗给陈功：

赠贤侄陈功

健儿挥拍比神通，争夺金牌汗水中。

百兽之王生纸上，似闻长啸起雄风。

看陈功画展

丹青始学李公麟，灵动墨虾白石魂。

看客流连欣赏处，谁知父母痛儿心。

这之前，大约二〇〇几年，陈医生对我说：“江苏淮安有一所特殊学校，专门教育特殊儿童，封闭式管理，我想把陈功送去学一年，可能以后对他成长，对性格形成，有帮助，你能否帮忙联系下？”我立即让在南京工作的大儿子静文与淮安方面联系好，择日陈明君、庞在九、张惠兰和我、大儿周静文五人送陈功去江苏淮安。中途，车子出了故障，直到下午一点半才到淮安。淮安的朋友等我们去吃了一个迟到的午饭，陈功在饭桌上讲了一句“经典之语”：“你们三个人，不是兄弟，胜似兄弟！”他话里的“你们”，指的是庞在九、陈明君和我。大家一时鼓起掌来，此话现在被经常引用。下午我们回家，途中车子又发生点小问题，晚上九点多才到南京，吃晚饭住了一夜，第二天回南陵。

2008年10月，惠兰在县医院查，发现患有胃肿瘤，陈医生第一时间取到化验结果，又陪着我们去了惠兰做手术的江苏省肿瘤医院。他担心我钱不凑手，对我说：“你安心陪她做好手术，若需要用钱，随时和我说。”

杜永医生是县计划生育服务站站长，他是1966年之前于医科学校毕业的，从来都是站在手术第一线，是个出色的外科医生。我的一个亲戚脖子上长了一个大瘤子，生活劳动都不方便，晚上睡觉已经影响到呼吸了，想做手术切除它。我请杜医师诊疗，他说可以，结果两个多小时就做好了。手术已经过去二十多年了，这个亲戚说，现在好得很。村里一个表侄，家里经济条件不好，偏偏他爱人得了急性阑尾炎，我让他把病人送到杜医生那里，并打电话给杜医生，请他诊治，并请求价格上最大优惠。杜医生在电话里笑着说：“好的，知道了，先交300元，不足部分我找你要。”后来出院时，表侄夫妇欲请老杜吃顿饭，老杜对我说：“那天我查病房时，你表侄拎着一碗面，还有鸡蛋、包子，给他老婆吃，说他自己在外面吃过了，他老婆说想吃稀饭，你表侄说，那我把这个面、鸡蛋和包子吃了，马上出去给你重买，说罢，他风卷残云般把这份早餐吃掉了，这样子一看就是苦巴巴的人家，还吃他什么饭，不要他花钱了。”又对我说：“老周，你哪天请我吃顿饭，可以吧。”“感谢杜站长，可以，我来请你。”我答道。

2013年左右，老杜的爱人去合肥带孙子，老杜一个人在南陵生活，我们几个朋友有空就去陪陪他。后来老杜也移居合肥，转眼五六年过去了，一直没见过他。

马振球、谢融两位医生，一个是外科，一个是内科，都是我们这儿的名医。马振球是从我曾经任教的工山初中毕业的，是工山老乡，给我们提供了许多方便，特别是惠兰患胃肿瘤最后的时光，输液、吃药、止痛、饮食等等，一有状况，都要咨询他，请他指导，惠兰一旦哪儿不适，便说："代我打电话给马医生。"马医生一来，马医生一说，蕙兰心里就有了希望。马医生不但用药看病，很大一部分是心理疏导。有一回，马医生来我家，看见惠兰正喝着一大碗中药，他背后对我说："她的这个肿瘤，切除是关键，未切除，这些辅助治疗只能是安慰性的，效果也不大，天天喝中药，人太辛苦了。"后来证明确实是那样的。我家离县城四五公里远，我们一打电话给他，只要有空，他总是马上赶来，以致有一次他赶来我家，兜里没带钱，车费也没有钱付，这是后来我才知道的。

谢融医生性格好，总是不厌其烦地回答患者的各种问题，特别是对那些办理慢性病报销的患者，耳聋记性差，要嘱咐好多遍。人老了，许多方面不合标，我的血糖、血脂、血压、尿酸等指标都不太好，每次谢医生诊断开药后，总要叮嘱道："周老师，你要少喝点酒，多喝点水。"我连连点头答应："记得，记得，就是有时忘记了。"

谢医师诊断治疗水平高，特别是胃肠道疾病，他先给我们诊断了，然后让我们到仪器上去检查，或到上一级医院复查，结果与他的诊断都一致。

前不久，我和一个邻居找谢医生诊治开药，因为疫情，住院部大楼不让进。我对门卫说："我请医生到门口来一下，可行？"门卫说："那可以。你能喊动医生下楼来？"门卫表示怀疑。我给谢融医生打电话，他马上就来了，拿去我们诊疗卡给开了药，又下楼送来了诊疗卡。门卫说："乖乖！你还真有两下子，把大主任医生喊下楼来为你开药！"我说："老朋友啦！"

县医院牙科郭大明医生，是庞医生介绍认识的，他俩是邻居。我年轻时开拖拉机，折断了两颗牙齿，后来我去补牙，庞医生留我吃饭，把邻居郭医生也请了过去，由此认识了郭医生。郭医生家换了个房子，想弄棵大一点的桂花树栽在院子里，我立即把自家地里一棵成型的桂花树请人挖了，送到他家，并栽稳栽牢，因为那移栽是需要技术的。2008年，郭医生听说惠兰做了手术，立即赶来探视，但他不大记得我家住处，便打个车请陈医生陪他一道来。

县里两所医院还有过去的几个学生在当医生，他们要年轻一点，我也时常打扰麻烦他们：一个是孔晓芳，一个是汪琳，一个是黄太明。

风采依然话旧年

——邂逅老南中人刘媛校医

一个金风送爽桂子初开的日子，鲍正启君邀几个朋友在玉带楼聚会。他先向我介绍了王苏陵、王苏静两位女士，说她们是当年南陵中学校医刘媛女士的女儿，并说等会儿刘媛校医也来。我问："刘校医恐怕有八十好几了吧?"答曰："她今年正好九十岁了。"

往事如在眼前。我刚进入南中，一切是那么新鲜，印象最深的是甬道两旁的木芙蓉，盛开着，一片红艳艳。莽撞的我，体育课打球，一下子把脚崴了，很痛。班长介绍说学校有医务室，校医那儿有药，也不收费，他扶着我去了。3间大平房，一边是刘校医住家，一边是医务室，里面摆满了瓶瓶罐罐，满屋都是淡淡的药味。刘校医当时30多岁，干练利落，她先在患处涂了松节油，再用手揉了一会儿，叫我过几个小时照样子揉揉，又装了点松节油让我带回去用。早先就听说她是个年轻的老革命，1945年参加过妇救会，后又参加了抗美援朝做医护工作。有一次，我短跑时把脚划了一个口子，流着血，同学把我背到医务室，刘校医先用酒精洗，再上药，她手法轻巧，动作娴熟，叮嘱我隔两天来换一次药……

校医室虽然小，每天都挤满了人，从早到晚人来人往，刘校医就这么忙碌着，从不厌烦，始终微笑着细心地关爱着每一个需要帮助的人。

1966年，我初中毕业，回乡务农了，从此许多老南中人便再没见过，就像刘校医这样子的，可谓“人生不相见”，“世事两茫茫”。

王苏陵打了个电话说她母亲到了，我起身到酒店一楼门口去迎接。王苏静女士扶着她，打了一把伞，那时还很热，我上前恭敬地喊：“刘校医好！”就跟五十多年前一样。她略愣之后亲切地回应，近些年此称呼怕没多少人喊了。我知道她不认识我了，便自我介绍：“我是南中66届初三（3）班的，班主任是金力云先生。”她愈发亲切了，她伸出手，我握住她的手，上了二楼餐厅。我说：“您的家在学校音乐室后面，我们寝室的右前方，只隔几十米，我们是邻居呢。”她高兴地说：“是的，是的，一晃几十年过去了。”我说：“您家院子里有一丛芭蕉，宽大的叶子长过了院墙！”她微笑着说：“你还记得。”“记得，记得。您还给我治过脚。”“那我不记得了。”

我们说着郁青楼，楼前的广玉兰，还有学校的运动会，校篮球队及那些篮球高手，又谈到一些当年老教师的情况，大家不胜感慨。当说到我舅父张士铭老师前几天去世时，她连连说：“张老师是好人、好老师。”

老人家身体很好，满头银发，脸色红润，平日不喝酒，今天高兴地斟了一小杯，女儿问她能不能喝干，她笑着说：“没问题，乘兴呗。”得知她今年九十大寿，我们纷纷举杯向她祝寿。

看到老校医，牵出我对南中的情结。当然老人家在前，我还不敢言老，但我永远记得南陵中学，那是我14岁时第一次离家读书求学之地，永远记得老南中里我熟悉的人和事。

回来写了一首诗，敬贺刘媛先生九十华诞兼赠王苏陵女士：

十五从军别故乡，雄师驰骋见红装。
投身革命经风雨，矢志扶伤砺凤凰。
感叹沧桑怀旧事，欢迎岁月谱新章。
满堂亲友尽相贺，九秩聪明共举觞。

认识程志生先生

程志生先生今年九十有六，童颜鹤发。

我第一次见到程老是在2013年春节期间，我们几个朋友去桂镇汪炎亮先生家拜年，程老那天也去了。程老早年在太平县参加革命工作，50年代到南陵县工作，当过县委宣传部的领导，又在南陵中学、南陵师范学校当过校长。程老与我们谈农村、谈人事、谈诗词。后来我应邀去程老家拜访，程老告诉我，1990年前后，因为主编县教委的《春蚕颂》诗词集而结识了汪炎亮先生，逐步了解到汪老的人品，更为佩服，引为知己。程老为汪老的诗词集《射的山房雨霁轩唱晚》作序，其中写道："汪炎亮先生，既是我师，也是我友，我有幸结识先生"，"先生为人，忠贞爱国，诚信待人，慷慨无私"，"诗人的人格是确定诗作审美流向的原动力，先生以自身的智慧力量和人性光彩，高尚的品德和博大的襟怀，赢得了众多同辈的喝彩，也为诗界同仁所青睐"。

程老每有新作，第一时间便送至汪老案头，让汪老斧正。程老回故乡写了《甘棠行》，汪老随即和首，他俩诗词唱和，作品有百首之多。2014年程老写《向汪炎亮先生拜年》："破雾冲寒桂镇行，双人双日拜师尊"，大年初二从县城到桂镇村汪老家拜年，三十多里的路程，年近九十岁，足见情深。汪老米寿之际，程老挥笔作诗："先生才气八方钦，米诞今春喜降临。媳孝儿贤诗满腹，孙聪戚惠乐高龄……"喜庆之意，跃然纸上。2015年汪老去世，程老九十岁高龄仍为其守灵,出殡时一直送到殡仪馆,大家劝他别去了,他说送最后一程。葬后第七天,他约上汪老生前几位诗友,去墓地追思,作悼诗:“相约高朋桂镇行,缅怀炎亮谒新坟。诗吟悼念碑前化,书法追思壁上存……”读后焚之,其情哀哀,其意绵绵。回去后,程老又作《痛悼汪炎亮先生》四首,曰:“故国方传重诗教,儒林遽报陨文星”,“门墙桃李花千树,坛坫珠玑笔一枝”,“迎春制曲舒胸臆,结集回舟见胆肝”,“不闲居里孤灯下,展读遗诗不胜哀”。2018年清明,汪老坟墓立碑,程老题联:“名垂教苑千秋颂,功在诗坛百代讴。”立碑之日,程老到汪老墓前追思,并诵读手书的《祭汪炎亮先生文》:“嗟乎炎亮,公殁三年,阴晴朝夕,无时不惦”,“历久弥亲,情投意合”,“公之为人,德学双辉。名师一代,万古功垂”。程老与汪老半世交往,实在可贵。

当初,程老退休,被推荐为离退休教师协会名誉会长,主编了大型诗词集《春蚕颂》,从组稿、编辑、排版到成书,历时四年,程老参与每一个环节。程老担任南陵县关心下一代工作委员会副主任期间,任劳任怨,创造性地开展工作;担任南陵县老年大学副校长,先是试点,在乡镇一级创办老年大学,然后取得经验,逐步推广;出任“南陵县京剧爱好者联谊会”首任会长,弘扬京剧文化;被聘为南陵县花卉盆景协会名誉会长,策划主持过多次大型盆景展览。县里每逢国庆、春节等节假日书画展览活动,都会邀请程老参与,或担任顾问。他为几十名诗词作者、小说作家、画家,以及学校校史、文化丛书,作序写记。他受县委县政府委托,作《南陵广场志》:“巍巍南陵,古称春谷。发轫于南梁,始置为邑。自然翘楚于江东,人文炳蔚于桑梓……河滨置平台以观诸景,区间植嘉卉以荣四时;飞走潜跃之各随其性,动静互补而万象毕呈……”又挥笔作《春谷公园赋》:“傍城近水,开辟休闲之地,忙中求乐,徜徉世纪之春……雨润荣花,红似胭脂浓抹;烟笼芳草,色如翡翠垫蓐……至若梅眼微睁,泻春光而醒卉,芽头初露,迎青帝而葱茏。李白卧像,石镌别儿童入京之豪句,周瑜立体,耸立宰春谷发轫之尊容……”先生之手笔大矣!

清代南陵文士强立,为家乡撰写美文《奎湖赋》,竟然失传,直到20世纪90年代,人们在强氏家谱中发现此文,于是有关方面找到程老,请他解题、断句、注释，使之得以生机焕发，为奎湖景区的建设添光增彩。程老还为此撰写了《百年奎湖赋，盛世震江东——〈奎湖赋〉一文发现始末》以及《读赋刍言》，为南陵县文化研究与传承作出了新贡献。

程老诗词集名《松溪韵语》，共计五集，收诗词四千多首。松溪是程老故乡的一个小山村，以此为书名，饱含着他对家乡的眷念之情。2008年，他还专门为家乡写下一篇花团锦簇、感情浓烈的《故乡赋》。程老退而不休，退而不闲，故其书斋取名“不闲居”。

程老名载《中国诗人大词典》《世界诗人大词典》，多次获奖，有“大师”“大家”等称号。程老笑着向人说：“那是虚名，千万别把那些东西当真。”他与诗词、书法大家多有来往，旨在虚心学习，努力前行。

程老九十岁时，我写诗贺他，他立即步韵和之：“待朽孱身蒙错爱，低眉俯首逐吟坛”（《步韵和周济贫〈呈程志生老〉》），用他活到老学到老的精神态度为我们示范。我的第一部诗词集《工山闲吟》付梓后，程老作一律相赠：“情满工山发浩吟，唐风宋韵读周君。初窥云锦奇葩绽，再品琼浆沁肺清。竭力呕心词底隐，光风霁月句中存。独标真素构思巧，又亮骚坛一盏灯。”（《读周济贫〈工山闲吟〉》）

有一次，我与同学去拜访程老，他很高兴，沏茶挪座，谈诗叙事。半小时后，我们怕他疲劳，便欲告辞，他坚决地说：“你俩今天在我这儿吃中饭，早上我炖了一只鸡，我们共享！”我们便陪他，他神采奕奕，边吃边谈，豪情不减。我回家后作诗《与李四平君拜见程志生老，蒙其赐家宴》呈程老：

九旬敏睿慧根长，论道谈诗中气昂。
自煮自烹凭自悟，心思心爱任心扬。
居中落座皆朋友，堂上往来多凤凰。
或道苍龙还唤雨，常观老树著花香。

程老看后，连称“过奖，过奖”。

程老字苍劲秀丽，可称为书法珍品。他送我的书法诗作，我都一一保存好，有的刊用在我的诗词集子上作扉页或插页，如《敬谢周济贫师弟赠诗幅》："羡君已获陈王笔，恨我空寻焦尾筝……岁晚幸逢一知己，浓情厚意慰衰龄。"他是长辈，称我为师弟，我诚惶诚恐，他笑着说："这是同门学艺的称谓，不是年龄辈分的长晚，你我都师从汪炎亮先生学诗，故称师弟。"程老提携后人、助力新人是人所皆知的。我第二本诗词集《春谷松风》出版时，程老对我讲了许多鼓励和鞭策的话语，并手书《贺周济贫师弟大作出版》给我：

拜师炎亮竞腾骧，又捧玑珠赏墨香。
睿志躬耕追唐宋，潜心历练效苏黄。
风华洒落饱情趣，兴象玲珑富智商。
五岳才高惊世俗，聊将俚语颂周郎。

"天行健，君子以自强不息；地势坤，君子以厚德载物。"程老常书写这句格言，并且终生都在身体力行着。我当谨记程老的鼓励与教诲，愿借助诗情诗兴，力争向远方多走一截。

第三编

白头故地觅流年

——散忆曙光学校

我家乡的行政村叫曙光村，一九七几年时还叫曙光大队，大约是20世纪50年代后期农村成立人民公社时命名的，那时叫红旗、东风、跃进等名称较多，是有时代意义的。我们大队叫曙光，是很有诗意且充满活力的，估计是哪个有文化的领导命名的。曙光小学与曙光大队逢时而生，学校也是解放后兴办的，就在我们的村子里，最早的教室是民舍，土墙草房，60年代才翻成瓦房。时间到了70年代，学生越来越多，老校舍容下不了，校址迁到了村北空旷处，这是第一次迁校。新的曙光小学，800多平方米的教育教学用房，1000多平方米的教育教学场地，都是大队出面、各生产队协同解决的。还有第二次迁校，西迁到新大队部旁边，建了1000多平方米的教育教学用房，活动场所达2000平方米。那时集体经济并不宽裕，曙光大队办学为下一代贡献巨大，上级主管部门多次予以表扬。

1975年曙光小学办起了初中班，叫小学戴初中帽子，校名为曙光学校，全县不少大队都有这样戴帽子初中班的学校。曙光学校几个原小学教师便成了初中教师，又招了几个下放的知青做老师。学生勤奋，老师努力，1978年恢复中考，曙光学校初三班23个学生，6人考取了中专，十几人考取了高中。曙光学校当时在全县农村初中班升学考试中成绩名列前茅，县教育局还奖励了二十套课桌凳。曙光大队都沸腾了，曙光人乘胜前进，重新建校园，扩大初中部，周边几个大队的学生都慕名前来就读。

1978年，一位在曙光学校当老师的芜湖知青上调回城了，我便到学校去教初二语文。我是1966年初中毕业的，回乡务农已经十多年，学历低，也忘了许多，教初二语文，我担心教不好，又未教过课，上课时有些害怕，不敢向讲台下看，只能照备课笔记上写的读，这样的情形两个多星期才好些。当时的学生大多基础不好，记得一个叫孔欣荣的学生写作文欲表达雨下得大，写出了“雨下得像脸盆一样大”，我知道他想说“倾盆大雨”，便揶揄他说：“雨点下得像脸盆那么粗，还是雨只下了脸盆那么大一块面积？”可见当时学生水平。还记得这个学生脸上总是微笑，惹人喜欢，可惜他出车祸去世至今已经20多年了。上了课文《雄伟的人民大会堂》后，要求学生写一篇参观某建筑物的说明文，按顺序写出该建筑物的特色。农村孩子大多没见过世面，我便带他们去参观大队的大礼堂。该礼堂规模可容一千人，也是影剧院，上下两层，事后写作文时，一女同学基本上照着课文样式抄，大部分语言、数字都相同，仅把“我们在建筑师陪同下”一句改成“我们在老师陪同下”，甚至连“万人大礼堂”的“万人”都没改。我在评讲课上不点名地说了这些，又笑着说：“我们大队也造了个和北京一样的人民大会堂，以后全国人民代表大会可以到我们大队来开了，不用去北京了。你就照着写，也要把那些数字改一下吧，老师去了也是带领你们，不能陪同你们吧！你太忠于原文了。”那位女同学脸一红，低下头，第二天便没来上课了。我放学后去她家准备和她家长及本人沟通一下，她家锁了门，以后又托人带信给她家，但她家已搬走了，从此再也没看见过她，可能她再也没上学了。我感到责任在我，伤了她的自尊。想到此事，心里愧疚，现在说什么也没有用了。

上到《刑场上的婚礼》一课时，为了配合教学，我们请人到我们班上来放电视，那天晚上的放映内容正好与课文有关。那个年代电视机还是稀罕物，方圆几十里就这个刘姓人家有一台。他晚上把电视机背到我们教室里放了2个多小时，30元钱。放映时，教室里人满为患，当然都是别班学生及周边村子里年轻人，我班男同学维持秩序，结果人挤人，一名男同学还把头给碰破了，第二天我又到那个男同学家向他父母解释、道歉。前年与这个同学聚会时，我们还说到此事。

沈亭的夏平老是迟到，上课还打瞌睡，作业也不做。放学后我去了他家，有十几里山路，山道弯弯，高高低低。他家门口晒场上稻子散堆着，山芋码得像小山一样高。他是他们家劳动力，弟妹小，田地多，父母忙不过来。他每天天未亮就起来挖山芋，吃完早饭后上学，晚上回家洗山芋粉到半夜，他哪有精力学习。他家长说，念完初三，就回家种田。我便建议他忙时可在家里干几天活，然后上学补上这些课，这样起早摸黑会把小孩累坏的。

班上那些农村孩子都会做农活。那时我们班上有2亩学农试验地，种山芋时，翟大广、范家广、沈士海、刘中伟等男同学，还有王桃英、赵邦华、万银娣、方晓萍等女同学，他们挖垅子、打宕、插秧、浇水，一气呵成，与成人做事没什么区别，他们在家里都是做惯了的，农活做得很在行。学校四年级门口有个小土山，同学们每周用半天劳动课时间挖土，干了两年，硬是把它给挖平了，真有点愚公移山的精神。秋天，我们班上收获了好几百斤山芋，把它换了钱，作为班费，若个别学生家庭困难，交不出学费，就用以资助。有一个学生父母年迈，家庭困难，不来上学了，我们便到他家动员，替他缴学费，让他得以毕业。现在他是社区干部，快要退休了。

学校要举办国庆文艺活动，我们班准备朗诵，便让一个女同学、一个男同学朗诵高尔基的《海燕》。农村孩子腼腆，男女之间都不大交往，当他俩练习朗诵时，一些同学便笑。我便批评这些同学，鼓励两个练习朗诵的同学努力发挥，保证登台演出质量，为班级争光。提倡男女之间正常交往，但是男女学生来往多了，容易发展成早恋，这是不允许的。当时，有一个男生、一个女生，交往亲密，同事和班上学生向我说了，正好发现他写给她的一封信，以此开头，我找他俩分别谈话，晓之以理，严之以规，还好，他俩"偃旗息鼓"了。他们毕了业，各奔东西，现在一个是干部，一个是企业家，都很幸福，都请我吃过饭，想必不那么恨我"棒打鸳鸯"。那时他们还不甚了解人生，不懂人生之季节，不解人世之纷繁，现在能做永远的朋友才是最好的。

学生施长发读书很下功夫。有一次，学校架电线向大队借了个梯子，用毕，我让他送还到大队部，约200米远，哪知道他扛着梯子，手里拿着英语书，边走边背单词，一直扛到2里外的大队林场，这才发现跑过了头，一时传为笑谈。他高考后上大学，选择了经济管理，毕业后分在安徽省外贸厅工作。

学生刘玉玲白天放学回家做好家务后，晚上才有空做作业。夏天蚊子咬，她便把煤油灯放在帐子旁边，人在帐子里面看书，看着看着，夜深了，打瞌睡，身子一歪，把帐子压到灯火上，人烫得一惊，帐子也烧了个洞，差点出事。后她来考入宣城师范学校，当了教师，现在已退休了。

胡志存是个非常憨厚的学生。他动作慢，写作业拖拉，尤其写作文，他当堂总是写不完，第二天才能交。他写字的特点是：一小半的字都写不全，总是缺那么一两笔画。我经常让他作文重抄。有一次，他看到我在挑水，见我那扁担不好用，第二天做了根毛竹扁担送给我。我接过扁担笑着说："扁担做得不错。你作文字错得多，还得重抄。"他连声应道："重抄，重抄。"

还有个学生叫胡永水的，沈亭人，个子不大，气性不小，不记得因为什么事我批评他几句，一会儿有学生向我说，胡永水哭了，向城里方向跑了，说不读书了。我赶紧让班长和另一个同学追，几十分钟后，他们把他找回来了。放学后，我让两个同路的学生陪他回家，向他家长说一下，那时也无电话。第二天我欲去他家沟通，但因事没去成。这个学生自1981年离校后，我一直没看见他，也无联系，没有他的信息，但我一直记着这件事。

我家是农业户，当时分了好几亩田，大儿六七岁，小儿三四岁，我爱人一人忙不过来。我早晚都要下地干些农活，大部分时间要在学校，还要看书、教学、进修，忙得很。正好我家田地就在学校旁边，放学后，学生们看我在干活，就给我帮忙，我怕他们回家摸黑，因为山路不好走，都有十多里的路，便催促他们回家，好在他们做农活都内行，一会儿就帮我把当天的任务就干完了。到了收稻子的季节，徐玉龙、翟大广、范家广、褚道毕、夏平等一些学生利用周日帮我收稻子。借此，向他们表示感谢。

当年的学生现在都六十岁左右了。不少人生活在本县，我们一直互相联系着。外地工作的学生，春节回家乡联谊，常邀请我。2018年春节前，学生姜邦本在南陵牵头聚会，记得有汪亨马、张家成、李玉梅、刘玉岭、石秀英、魏代胜等二十几个人参加，我作了一首《浣溪沙·师生欢聚》，特录如下：

冰雪消融春水蓝，风和桃李欲张喧。相逢细认旧容颜。
春谷抒怀携夙愿，曙光入校忆机缘。师生举酒话从前。

2019年正月再次聚会，记得有张玉坤、汪开宝、黄大龙、张启云、袁银根、徐桂芝、唐贤礼、范家广、朱义平、方金宝、汪开印、徐玉龙、张华等人，我又赋诗一首：

春雨潇潇柳欲荫，南陵相聚动歌声。
沧桑写在两鬓上，宣酒一杯满是情。

也有好些学生，从1981年初中毕业后，一直没见过，如陈益满、胡永水、范小飞、任俊香等等。想他们应该生活得不错的，因为整个社会都是和谐平安富足幸福，他们应该一切都好。真诚祝愿他们家庭幸福美满、事业有成，或是在享受退休后的美好生活。

2020年，我们的曙光大队，我们的曙光学校，建成了工业园区。但我们曙光的学生相逢相聚时，总会说到我们曙光学校当年的模样，我们当年的青春岁月，那是不解的缘分，那是永远的情结。我们把曙光学校刻在心里，我们曙光学生的朴实真诚、顽强上进的精神永不失落。

我们曙光学校的学生们，成大名、成大家、成大事业的人并不多，大部分都在家乡大大小小的岗位上，努力工作着、奋斗着、生存着，家乡建设得如此美好，有他们的汗水，有他们的智慧，有他们的贡献，想到这里，心里还是有几分欣慰的。

前些时候，去曙光学校旧址闲行，怀旧之情油然而生，曾赋诗《临曙光学校旧址有怀》，借其作为本文结语：

曙光重教兴乡梓，昔日黉门浮眼前。
北靠苍峦穿紫燕，南临碧水伴青荃。
先生挥汗育桃李，学子求知忘暑寒。
夕照依然红烂漫，白头故地觅流年。

工山初中琐记

1981年9月我调至工山初中任教，一到学校报到，教导处赵主任便要我教初三的语文。赵主任1962年时是我的小学老师，我向他要求先让我教初一，再按部就班地跟着上，边教边学，因为我是1966年初中毕业，回乡后一直务农，才当了2年民办教师而转正过来的。赵主任说："都差不多。我校符合国家学历要求的初中教师也很少，大家都是边干边学。查了你的档案，你还好，就这么办吧！"之后，还给我加了3个班的生物课，我说："我不会教生物，那是理科的。"赵主任说："乡镇初中，哪能细分什么专业，凑凑数，把课开全了，好比是买肉要搛点骨头给你，分科也是这样。生物可以在课堂上讲讲，再到校外实地认识认识，初中生物又不参加中考，没什么难的。"他还给我加了个班主任差事。就这样，我在工山初中的教学生涯开始了。

工山初中地形呈畚箕状，东、西、北三面高处都是教育教学生活用房，南面低处是一口大塘，中间平坦处是一个大操场。西边的一排教室，地基高出操场两三米，形成土坎子，学校要求每个班级绿化美化教室周围环境，尤其要把那个土坎子修成台阶，植上绿色。那时学校经济条件有限，我们发动学生从家里带树苗、花籽来栽种。学生带来了樟树、棕树、紫薇、菊花、牵牛花、萱草等，教室前后一片欣欣向荣，教室与操场之间的陡坡，花草茂盛，如横轴在挂。

元旦到了,学校要出元旦特刊,要每个教师都要写稿,形式与内容百花齐放。赵主任成立专刊编辑部,他领头组织几个语文教师选稿定稿,学校一个美术教师负责版面设计与编排。我写了一篇散文《柿子红了的时候》,是回忆1973年红柿挂枝头的时节,在泾县房东家姐弟二人与我交往的事情,几位同事看后纷纷说想去泾县看红柿子。次年柿子又红时,我们几个人还真的到泾县我那房东家去了一次,因此印象特别深刻。

1984年冬,我们正在教室里举行期末考试。当时的教室是砖瓦土木结构的平房,我们班紧连的初二班教室突然被大雪压倒了,我班教室一下子被牵拉着斜歪了,急急欲倾。学生们一下子挤到门口,欲夺门而出,但全堵住了。我站到教室内侧门边,大声喊道:"门窄,两个两个出去,不要拥挤,不要整理书包,人先出去!"还好,50多个学生都出去了,我也出去了,教室屋顶上只掉落了一些灰土碎石,没有倒,真是万幸。隔壁初二班重伤了3人,轻伤了30多人。陶校长领着教师清理倒塌的房顶、墙壁,怕有学生埋在里面。他又急又累,直掉眼泪,一下子苍老了许多。大雪封路,县教育局领导步行一二十公里到我校指导救灾,重伤的送到医院救治,轻伤的居家医治,教师、医生组成几个医疗慰问小组,上门服务。我们小组共3个人,2位教师,1位医生,负责柏一、新岭、栗阳几个村受伤的学生。家长都通情达理,客客气气,说感谢我们上门治疗与慰问,每户都做糖打蛋给我们吃,那一天,我们每个人吃了20多个糖打蛋,最后实在吃不下去了。

经过几年的努力,学校教育教学工作取得了长足进步,每年考取高一级学校的人数在本县农村初中排名都是靠前的。这时候赵主任已担任了校长,他主持制定了奖励制度。赵校长曾经奖励我与陈老师两家去黄山旅游一次,说我们两个学科中考成绩好,超出县中考均分一二十分,给予特别奖励。

在赵校长主持下,校园面貌有了很大改观,雪灾倒房以后,我校教室全部重建,成了标准化教室,配置了新的课桌凳椅,区分了教育教学用房与教师的生活用房。赵校长请了国家级书法大师周新生先生题写了"教师苑"匾额,镶嵌在教师院门楣上,又请原安徽省委老领导张凯帆先生题写"南陵县工山初级中学”校名，请原南陵县委老领导俞伯青题写了工山初中办学纪念碑，学校面貌焕然一新。学校给每位教师配发了一把铜水壶，方便教师用水喝水，还给住校几位单身教师配备了一名洗衣工，这都是为了使教师将更多的时间与精力用在教育教学上。

工山初中校园坐落在农村一片丘陵之中，距离小镇有一二里远，相对封闭。放晚学后，校园安静而孤寂，我们几个住校的单身教师，捧着盛满饭菜的茶缸子，围在宿舍门口一个石头墩子旁边，边吃边聊。特别是春秋时节，不冷不热，室外清新，赏花看树，青山有远有近，田野有绿有黄，享受大自然的馈赠。有人忽然来了灵感，说："这石墩是我们的饭桌，我们常聚于此，何不起名叫五仙台，正好我们五个人在此。"大家笑着敲着茶缸子一致通过，后来还刻上草书的"五仙台"三个大字。

五仙台上摆过一次很丰盛而特别的"螃蟹宴"。那年秋天野蟹特别多，晚上稻茬田里、水沟里、水塘埂下、路旁草丛中，到处都有。某日放学天黑后，我们几个人分成两组出去捡螃蟹，10点回到学校，捡了两大袋子。30多斤螃蟹，洗净后放在大锅里蒸熟，端上两大脸盆放在五仙台上，用辣椒、香醋、酱油、生姜、大蒜、麻油调和成佐料，自带酒具，或碗或杯，站着围而食之，两瓶大曲分而饮之，无弦歌配乐，只见举箸碰杯，笑语喧哗，难得酣畅。我曾写了一首《竹枝词》，记其盛况：

夜半沟渠捉蟹郎，电筒斜挂在肩旁。

五仙台畔开心聚，邀月持螯共举觞。

当时，寅老师30多岁，尚未结婚。我们作为朋友，看在眼里，急在心里。一次他谈了一个在供销社工作的女孩，我们都为之高兴，女方约在一个周六下午来，他让我们几个给帮忙接待一下。我们让出了寅老师宿舍隔壁的办公室，做接待室。德老师厨艺好，当厨师，我和陈老师负责择菜洗菜，赵校长主持，整整忙了一下午。德老师烧菜最辛苦，他边炒菜边托大说："这忙得就像我讨儿媳妇一样，这事儿还不晓得成不成。”寅老师装作没听见，赔笑许愿说：“德兄你辛苦了，事成之后，我买酒两瓶，专送你喝。”满满地置办了一大桌子菜，杯碗摆得整整齐齐，寅老师穿戴得端端正正，“嫦娥”翩翩而来，寅老师高兴得满脸泛红光。入席后，寅老师把我们向女方作了介绍，特别讲道：“这都是我的好弟兄!”大家纷纷向女孩敬酒，她矜持地端起饮料轻轻抿一下。我们努力地、装着不经意地讲着寅老师为人、做事、交友等方面的优良表现，好事、好话都往他头上加，赵校长还说了：“寅老师是我校的骨干，若在学校结婚居住，学校给他解决房子问题，留住人才嘛!”我们都鼓掌了，那时候房子是分配制，分到一套住房是非常难得的事。席终我们告别，留下他俩单独交流。第二天早上，我们正准备向寅老师询问，他摇摇头说：“她昨晚早走了，没谈成。”他又指着我们几个人说：“你们几个老兄简直把我说成了完人，吹过了头，被你们给吹跑了。”这家伙，说话不凭良心，我们这么帮他，他还不领情。我特作一首《竹枝词》给寅老师，如下：

回眸而立恋娇娘，也效张生跳粉墙。
飞燕遥思临掌舞，怜香惜玉是寅郎。

赵校长治校有方，教育教学工作得到了广泛好评，上级主管部门来学校和乡政府考察了解后，便将赵校长提拔到本县最高学府——南陵中学任副校长。赵校长调走后，陈老师任校长。

陈校长任职后，既大刀阔斧又踏实稳妥地推进学校各项工作。他首先筹建了学校理化实验楼，其中报告立项、审查通过、筹集资金，这些事都是很繁杂的，陈校长投入很大的精力。实验楼盖好后，又购置实验仪器，经过多方努力，终于大功告成，我校建成了当时农村初中标准化的理化实验室，为提高教学质量奠定了基础。说来也巧，就在那年我校初三学生胡某某参加芜湖市初中物理竞赛，获得了二等奖，农村初中能在市一级竞赛中获奖是很不容易的。这个班级的物理学科就是陈校长自己授课的。陈校长很是高兴，我们向他祝贺，他买了一大包糖果与大家分享这个喜悦。

我们学校的教育教学质量不断提高，在全县当时的农村初中很有些名气，县城的、邻乡镇的还有外地的，一些学生纷纷慕名转往我校就读，以至于我们每个班级学生都是满满的，几乎坐不下了。

1985年9月10日是国家正式确立的第一个教师节，陈校长主持召开了“不断提高自己，做合格的人民教师”主题庆祝大会，老师们交流心得，畅谈理想，欢聚一堂。学校到瓷都景德镇给每个教师订制了8个茶杯，上面刻着教师的姓名，及“第一个教师节纪念”等字样，茶杯雅致大气，我到现在还有两个，留作纪念。

陈校长摄影技术很好，学校一些重大活动，他都摄影留作档案，现在学校校史馆看到的40年前的影像资料，都是陈校长的作品。陈校长还喜欢打排球，有时我们组织教师联队与学生联队来场“热身赛”，陈校长开赛前与学生调侃说：“和你们打球，是向你们传授技术。我的排球，那学的可是中国女排教练的招式。来，我发个勾手飘球给你们开开眼界，你们是接不住的！”有一次午饭后，我们与学生队打排球，陈校长左手托球，右手作发球状，向对方说：“你们接好，勾手飘球！”一球发出去，出界了，先砸在拉网的木柱上，又弹回来打在一个捧着饭盒子在看球赛的学生手上，“哐当”一声，饭盒子打落在地，大家笑起来，揶揄道：“勾手飘球原来还会勾人家的饭盒子”。

1981年至1989年，我在工山初中工作了9年，是我人生中重要的一段旅程。那时的人和事，都有那个年代和那个地方的特色，给我留下了难忘的记忆。曾作《忆旧》诗九首，选出一首，以表心境：

暮雪纷纷天不开，二三同事叙心怀。
萝卜白菜一杯酒，此景常常入梦来。

大工村记

大工村在大工山后偏北的山脚余脉，因山命名，也就决定了大工村的地貌七沟八梁九冲十洼。经过不知多少代先人们的努力开发，因地制宜，日积月累，才有了今天的景象：缓冲，做成了一片片梯田，种植水稻；平岗，开辟了一块块山地，种麦棉，养药材；陡岭，蓄树养竹；峡谷，建成水库。古老的村庄，总会选在亲水近路，不占用良田，坐落在不太高的山岗或山坳之处。化常势为优势，这是前人智慧的结晶。

春天，绝壁悬翠，陡峭入天，举首仰视，如长轴挂在云间之感觉，更有泉水从石隙中流出，一下飞落几十米。徜徉在“群山如髻”的大工村，背景是“工山削翠”，映衬着蓝天流云，那是静与动、地上与空中的美好融合，使人想起了那句歌词：“一座座青山紧相连，一朵朵白云绕山间。”这儿的山苍翠自然，有灵气，有野性，朝生雾，暮起霭。坡上梯田，禾苗茁壮，随风送绿，村庄藏在山坳里，常常是“路转溪头忽见”，或是“山重水复无疑路，柳暗花明又一村”。桃花、流水、人家，眼前豁然开朗，正在惊奇时，已身在村庄之中。一个村庄就是一处充满了诗情画意的桃花源，这是大工村给你的第一印象。

大工村境内有一个古老的小镇，叫牧家亭，最早可能是“长亭送别”充满情感与诗意的那个亭子。因为离县城比较远，又是交通要道，当地牧姓人居多，以亭为基础，有了人流，有了买卖，逐渐发展成了小镇，后来又成了历朝的驿站，成了牧家亭古镇。古镇从元明时期就很有规模了，它西接铜陵、池州，东连南陵、宣城，北通繁昌、渡长江到无为，商旅贾客大多会选在牧家亭古镇歇脚休整，成就了这儿的兴盛。1949年渡江战役中，大军经过牧家亭小镇，解放了南陵县城。直到70年代，牧家亭小镇商业功能齐全，有供销社、粮站、信用社、食品站、豆腐店、饭店、旅店，有山货、蔬菜等农副产品市场，小镇是那一方的物资集散地。旧南铜路拐了一个大弯，特地连通了小镇，设个车站，人上人下，来来往往。小镇一里多长的街道，由鹅卵石铺就，看着走着都很有韵味。街道两边都是店铺门面，门面房是前面经商、后面住家。每天早上商铺一打开，人来人往，熙熙攘攘。后来新修的南铜公路撇开了牧家亭老镇，笔直地从乌霞寺山脚下乌霞新村小区旁过去了，是为了开发山上的乌霞寺风景区。牧家亭小镇的全部功能都转移到乌霞新村小区，牧家亭古镇剩下一条窄窄的老街，两边斑驳的老店面铺子都改为住宅了，静谧中时时闪露着沧桑。

乌霞寺风景区是这儿一张靓丽的名片。它位于大工村最北面，与南陵县跃进村、繁昌县中分村交界。乌霞寺庙建于北宋年间，原是当时林学家、铜陵钟鸣人陈翥的读书之所，工山镇白果陈自然村（原名叫脉过陈村）是其祖上所在地。陈翥隐居于此，写出了世界上第一部桐树的专著《桐谱》。宋朝名臣包拯奉宋仁宗之旨，来此“三征七聘”，请陈翥出山辅政，陈翥婉言辞谢，他与包拯多有诗歌唱和，留下千年佳话。

乌霞寺跻身省级重点文物保护寺庙，庙名匾额“乌霞寺”3个字为安徽省政协原主席张凯帆题写。从乌霞广场向北，拾级而上，便能看到远处石峰之上藏钟阁一角，步道半坡之旁有一个双层翘角立柱八角亭，叫“识马亭”。站在此亭，可看到其西北千米之外，石岩上有5个像马头一样的巨石，像是聚首往下面峡谷里吃料，叫“五马盘槽”，又说普通人只能指认出两三个马头，能指认出五个马头者便异于常人。1941年新四军三支队政委谭震林因战事曾经过此地。

前方约二百米，道路平坦，两边竹树交织，密密匝匝，峡谷阴森，泉水跌下者则杳然不见去处。再上一山石，人称“铁门槛”，翻过去便是一条长冲，两旁峰如屏障，满眼是亭亭玉立的毛竹，叶翠风清，流溪叩石。长冲的北边尽头，透过竹林，隐约露出红墙青瓦，就是乌霞寺了。寺殿并不高大，但庄严精致，香烟袅袅，经声琅琅，庙内佛像栩栩如生。其后紧靠后山石崖下，有个乌霞洞，巨石架空生隙而成。战争时期，我军伤员曾在这儿藏身。

乌霞寺后面就是马仁山，登高南眺，大工村风光尽收眼底，层峦叠秀，村庄如棋子，树木葱茏，公路似飘带。眼前尽是峭壁峡谷，怪石嶙峋，生成各种形状，惟妙惟肖，如童子拜观音、猫戏老鼠、犀牛望月、双龟探海、仙人桥、月亮洞等40余处，真是趣味无穷。

乌霞新村小区有意开发旅游，生活配套设施齐全，可以全天候、全方位地接待游客。凡是到大工村来的人，都会去乌霞寺景区登山览胜，寻古访幽，若登乌霞寺，先到大工村。

大工村境内还有国家级重点文物保护单位（即大工山—凤凰山铜矿遗址的一部分）。游客来到大工村古铜矿展示馆，手指着那一块块矿石、一饼饼炉渣、一件件铁钎、一个个陶盆，似乎看到了千年之前的采冶铜矿场景，触摸到了历史。

40多年前，国家提出以经济建设为中心，大力发展经济，提高人民生活水平。大工村人利用自身优势，顺势而为，这儿有铜矿，得此之便利，经上级部门批准，他们办起了开采铜矿的企业，采矿兴盛时，每年上缴纯利润100多万元，价值相当可观。

大工村人有了钱，首先想到的是群众。他们给每个自然村修通了机耕路，并与时俱进地提升道路的等级，使各个自然村收割机可以开到田地里，三轮农用车可以开到家门口。为了丰富群众的文化生活，大工村修建了占地面积达两千平方米的大型影剧院。一个大队建一个影剧院，在当时芜湖市范围内也是凤毛麟角的。那时农村文化生活贫乏，大工村人从硬件做起，逢年过节、周末农闲，影剧院就放映，还邀约一些歌舞团、民间剧团演出，1000多个座位的大剧院，或播或演高质量的或有地方特色的文化节目，教育了群众，净化了社会风气，创建了和谐的大工村。国家启动农村电网改造工程，大工村大力响应，积极投入，农业生产方面做到送电到田间地头，村民生活用电送到每村每户，精心到位，服务到家，这在地形复杂的山区很不容易的，村民的生活质量提高了，群众好评如潮。

大工村努力办企业，又办起了一座选矿厂。因为自家有矿石资源，再进行深加工，附加值便大大提高。有钱了再办厂，办厂了再赚钱，俗称“鸡生蛋，蛋生鸡”的理论。20世纪90年代，大工村人又办起了轮窑厂。那时农村房子由土木结构正向钢混结构换代，家家欲建住宅楼。大工村人认准了市场，办起了当时先进的无烟筒旋式轮窑，别人家建轮窑通常要一年多时间，大工村建轮窑只用了半年时间，建成投产，质量过关，价格合理，供不应求。

无厂不富，这话有道理。大工村田少人多，人均仅有几分田，但大工村有铜矿厂、选矿厂、轮窑厂等企业，安置了全部富余的劳动力，还接收了邻村部分人员，同时大工村还有七八个私营矿山企业，又能解决不少人就业。每个在企业里工作的村民，年收入有两三万元，所以大工村人均收入当时是较高的，在我们县名列前茅，大工村群众富起来了，大工村富起来了。

90年代，国家提出努力完成教育方面的两个任务：基本普及九年义务教育、基本扫除青壮年文盲，简称“两基达标”。

学校首先要教育教学用房达标。大工村建成了一幢主教学楼，及办公室、活动室、阅览室等总计1400平方米的教育教学用房，配置了全新的课桌椅凳，修建了体育场地，植树栽花，一所美丽的花园式学校落成，极大地改善了大工小学儿童的学习条件，为提高教育教学质量打下了坚实的硬件基础，总计费用80万元，全部由大工村自己承担，一时传为佳话。

每逢节假日，到大工村的游客，去乌霞寺寻幽的、去老铜矿访古的、去山谷中找兰草的，来采风的、来写生的、来摄影的，络绎不绝。来来去去的游客也成了风景。

因工作关系，20世纪90年代，工山镇政府派我到大工村驻点，我待了2年，目睹了大工村的迅速发展。退休以后，我每年都要来一次，每次都能看到新的变化，正所谓常来常新。祝愿我们的大工村越来越美丽，越来越富裕。

工一村印象

20世纪90年代前后，我在工山镇工作，负责联系工一村，在那儿工作，实在难忘。

“工一村”的“工”字是代表工山，“一”表序号，含义是出县城向西行，进入工山镇的第一个村。2000年工一村与其北面邻村栗阳村合并，合而为一，仍沿用“工一村”名。

工山镇总体属丘陵地区，东北局部是相对的小平原，工一村就在这平原之上，地势是西边略高于东边。10平方公里的工一村有3条河流，几乎三分全村：栗阳大坝一条从北面麻桥、柏二村而来，井坎一条从西边大工山、板塘坝而下，永丰坝一条从西南戴家汇、红星村而至。到了工一村，河流不激不扬，温驯地前行，任人们筑坝蓄贮，下泵抽水，灌溉农田，滋润村庄，之后奔向县城东边的漳河，注入长江而去。工一村地势略高于县城及城东圩区，它尽受水之益而无水之害，旱涝无忧，这是大自然的恩赐。工一村交通条件也好，从南到北三条公路平行通过：南边是省道南铜路穿境而过，中间是县道籍山西路穿境直达工山镇政府，北面是粟阳路通县城，呈网格状，出行太方便了。若把工一村比作是神州大地上的一方精致盆景，村东北尽是平川，未免单调，便在村西南一角放置了一小块丘陵，有五座小山如梅花盛开的五瓣，这儿便叫梅花山，它是这方盆景的最高点。这盆景里有村庄、河流、平野、山峦、道路等等，于是工一村地形便显示了层次，涂抹了色彩，生成了意境。正西边雄伟的大工山身影，不远不近，正是这方盆景最好的衬托。

30多个村庄分布在工一村10平方公里的土地上，光从村庄的名字上就能感觉到人文，联想到美丽。如大甲、二甲、四甲这些村庄，沿袭了清代保甲制的称呼；还可以追溯到之前明、元之际，如文村，是纪念明朝文姓的将军而命名，村头有将军庙，里面有威武雄壮的文将军之石刻雕像，庙之前有苍劲皴裂的两株古柏；梅花山、荷花、桃园这些村庄，让人读出梅花之美丽、荷花之清香、桃花之艳盛；磨子港这些村庄，都表示在水畔之意，灵秀之水从村旁流过，依水而居，与自然和谐相伴；还有永丰这样的村名，这是寄托人们美好的愿望，希冀风调雨顺、年年丰收……

春天，走在村庄外面的田塍上，脚边都是盛开的红花草，或称紫云英，间以金黄色的油菜花、米黄色的小麦花，还有几垄纯白色的豌豆花、淡紫色的蚕豆花，相互点缀着，塘坝埂堤上还有青绿色杨柳，迎风舒展，婀娜多姿，整个村庄美若锦绣。农民们开始春耕，吆喝着牛，扶着犁把。农村有个传统的风俗“开秧门”，即开始插秧的这天早上，男人们洗脸擦手，喝茶吃蛋，然后到秧田埂上点放爆竹，拱手礼拜天地，祈祷禾苗茁壮、庄稼丰收，方可下田拔秧，一年的栽种开始，一年的田间忙碌也就开始了。五月田野青绿，流水汩汩，禾苗长势旺盛；七八月收早稻，九十月收中稻，收单季晚稻，十一二月收获双季晚稻，虽然劳累，却是喜悦。工一村任何一家，门口稻场上总是有翻晒的稻谷，或是晒干待出售的稻堆子。

工一村的干部们朴实能干，与群众关系密切。早先我在中学当教师，村里干部多是我学生的家长，时有联系，后来我到镇政府工作时，村里干部多是我的同学，再以后，村里干部大多是我的学生了，所以我与工一村几任干部都很熟悉。大约是1995年，大甲一位姓胡的学生考取了合肥一所大学，他母亲带着他来村里开介绍信转户口关系，母子俩都穿着补丁衣服，黑而瘦，似营养不良。果然，村支书介绍说，这位学生的父亲已去世，母亲拉扯着儿子读书，生活困难，今年农业税还未交清，按规定须交清农业税后方可开介绍信。书记说：“这家确实困难，我们几个村干部每人出点钱，代他家把今年农业税尾欠交了，给他转户口去合肥读书。"我说："这个建议好！帮人家一下，我也应出一份。"这事办完，村主任又提出："四甲村陈家姑娘也考取了广东中山大学，她父母身体不好，经济很困难，还为去学校的路费发愁呢。"我提议："我们3个在工一村的政府干部每人赞助几百元，村集体再拿一点，送去给她做学费。"村主任说："村集体不好支出，这先例也不好开，我们村干部每人自愿出一点，多少不拘。"最后委托村主任把钱送到她家，把我们的一点心意带给她家。

有3户农民欲办大米加工厂，一则方便农户卖粮，以及生活加工，二则他们自己能挣点收入。工一村大力支持，腾出了村部一间办公室和两间仓库给他们办厂。这个大米厂办了十几年，直到村部迁址。

工一村引导群众增收致富有两个特色，或者叫优势。

1955年政府修建栗阳大坝，工程量大，工期长达两年，大队（当时可能叫农业社）便有意识地筹建了一个施工组，以磨子港村何道宏老师傅为领头人，参与大坝的石方施工，直到工程结束。这个施工组越做越强，以后便纳入大队管理，成立了栗阳施工队，承接邻近大队的一些水利、道路工程，包括私人建房。当地剩余劳动力纷纷进入施工队，或成了师傅，或做辅工，当时做建筑的报酬要比种田的高得多，栗阳那方人生活水平提高了，栗阳（或说半个工一村）成了建筑之乡。1973年组建工山建筑公司，以栗阳建筑队为基础，以栗阳人为骨干。90年代工山建筑公司的一个个分公司，一支支施工队走出了县城，走向了芜湖，走向了外地，特别走向了上海，在大都市里找到了生存发展之道。勤劳智慧的栗阳人，融入飞速发展的大时代，实现着自己的人生价值。

清光绪年间，一群湖北做陶器的人讨生活来到梅花山，当地人接纳了他们，匀出土地，帮着建房、建窑，他们则用这儿的陶土，烧出了好看而实用的陶器，办起了梅花山陶瓷厂。湖北制陶人的后代、女作家水明月女士写的长篇小说《只有香如故》，完整细腻地记叙了她的祖上——这群湖北制陶人，在工一村梅花山这块土地上制陶的故事。当时，陶器是生活中不可缺少的用器，可以用于装生熟食物、腌制咸货、储存食材，保质保鲜、虫鼠无碍，价廉物美、方便适用,畅销大江南北。湖北人认真教,当地人跟着学,这儿许多的农民兼做陶器工人,代代相传,不少人成了大师傅。1970年工山公社在距梅花山陶瓷厂一公里远的四甲山头办起了“工山陶瓷厂”,技术、技工、销售等方面都得到了梅花山陶瓷厂无私的帮助,所用的工人以工一村人居多。

工一村东边与县城地区交界处,有一个小镇,或称古镇,叫“戴塘桥”。戴塘桥本来是一座单孔石拱桥,架在戴塘河上;戴塘河是工一村与籍山镇城区的天然界河。小镇上分别接铜陵、丫山之路而进入工一村西边,经过四甲河上的钟朗桥(建于明代),下行便到东边的戴塘桥而至南陵县城。这是一条主干道,于是戴塘桥桥头的大道上,人们依路建房,形成了集镇,就是戴塘桥小镇,简称“戴塘桥”,这在清代后期形成。1958年在原戴塘古桥的上游200米处,修建了一座钢筋水泥桥梁,以通汽车;距老街200米远的南面建成了一条新街。1966年下迁的芜湖市第八中学以及以后的工山初级中学,县工山区治所也落户在这个小镇上,戴塘桥小镇得到很大的发展。老的戴塘古桥逐渐废用了,除去老年人,人们一般不再称呼“戴塘桥”,而简称“戴塘”,一直到现在。2000年以后,古老的戴塘小镇迎来了又一次大发展的机会,城乡一体化的新设计使戴塘古镇融入了城市圈,应时而生新建了一个华美而前卫的戴塘小区。小区北面依旧是古老的旧村落,宁静、质朴,让人感到舒心与安逸。发展就在这新旧之间交替前行,工一村是这样的,工山镇乃至更大的范围,也是这样的。喜欢现代的,留恋传统的,和谐共处,正如这小区里盛开的月季,“可爱深红爱浅红”。

曾作《故乡行》诗,题工一村的,抄录如下:

村庄拥绿水生烟,西望芙蓉入眼帘。
钟朗桥边通邑道,栗阳坝上恋家园。
闲行四甲新河美,探访文村古树残。
多彩春风牵旧梦,寸心还与故乡连。

注:这里的“芙蓉”指大工山主峰芙蓉峰。

大工山的东南西北中

大公山，也称戴公山，是南陵县的镇山，县志记载："高数百丈，周围数十里，秀削芙蓉，色凝螺黛。"这便是南陵十景之一"工山削翠"的来由。大工山雄伟壮丽，境内人文荟萃，传奇众多。

从县城方向看到的是大工山正面：山峰一字排开，犹如屏障，苍翠清朗，直插蓝天。大工山东边山势陡峭，山景犹如湘绣一幅，长挂蓝天，明代梅鼎祚诗句"天半芙蓉争削翠，案头一点是工山"描绘的就是东面观赏大工山的美景。公路未通之时，登大工山多从东边进入，从工山镇山峰村中间一条古道向上。大工山东麓第一个村庄名叫"汤村徐"村，村庄较大，村人多姓徐。称为"汤村"，是说大工山龙池井里温泉水流出而经过此村，"汤"在古代是指热水；称为"汤村徐"，是说徐姓先祖到汤村招赘，后汤家渐衰，徐氏日盛，改村名"汤村"为"汤村徐"，扬徐姓而不忘汤氏；现在有据可查的是，"汤村徐"指的是清朝咸丰光绪年间的朝臣徐文达、徐文选，这里是他们的故里，他们的后代徐乃光、徐乃昌都曾是清代的官员、学者。徐家为家乡南陵的教育、公益、赈灾等做过不少事情，其中徐乃昌1914年起担任《南陵县志》纂修，历时近十年编成，徐乃昌于1943年去世。再往上走一段，便是徐文达的墓址，他在扬州去世，官职是福建按察使，遗嘱回故乡安葬于大工山东麓，因为这儿山水好，便安葬在这山脚杨家岭上，就在这登山古道旁不远处。徐文达在本县城里造了

99间半的“徐家大屋”，因100间就算“超制”了，它是南陵近代史上规模最大的建筑群，造型古朴奇巧，典雅别致，成为南陵一大景点，今辟为展览馆与阅览室。

往上行二里多，到山腰的一平坦之处，是著名的景点“龙池”，又称“龙湫池”，四围山石，池水清冽，一丈见方，深十多丈，久雨不溢，久旱不涸，冬暖夏凉，亦是南陵十景之一。南陵十景，大工山就有“工山削翠”与“龙池浸月”（或“龙池布雨”）两处。“龙池浸月”是说夏秋之季，皓月当空，林壑静谧，传说嫦娥自月宫出，到龙池来嬉戏，偶遇一生人来，她即隐身到池壁中，至今井壁上犹留有嫦娥的形痕，依稀可辨认。明代吴应泰《龙池浸月》中写道：“龙沼自天开，清光映月台。一泓深万丈，玉女濯仙胎。”传说每逢大旱，当地百姓乃至地方官员都会去大工山龙池之畔祭祀求雨。每下雨之前，龙池水面会云雾弥漫，继而升腾漫延开来，蛰龙将从池中跃出行雨，霎时风生雨至。清代康熙时南陵县令屈升瀛与百姓一道去龙池求雨，赋诗道：“夙闻龙池灵，泓然工山脊……千层跻危崖，深碧生寒冽。传道通江湖，信是神龙窟。”龙池之畔，当时还有寺庙一座，称为“龙池庵”，庵正殿匾额上书“佛所悦可”四个大字，是清代雍正皇帝御书赐给此庵住持天应禅师的，匾额上还有皇帝玉玺印记，现庵殿已无，唯庵殿墙基纵横，历历可见。庵边一百多米，有宋代孝子李经的坟墓，旁边还有一座忠孝祠，也是遗址。

从南边可经戴汇的千山水库大堤登大工山。水库是月牙形，正好半围着对面的大工山的余脉鸡蛋山。鸡蛋山是形状像鸡蛋一样的小山，可爱至极。水碧山青，水映山影，山水依连，水如托盘，山如托盘中绿色翡翠。夏天傍晚，来此水库的游泳爱好者络绎不绝，红色的游泳圈散开在水面，夕阳投照，宛若朵朵映日荷花。从水库走来进入大工山南边山脚下，首先看到的是灵山寺，庙宇背山而建，菩萨庄严，香烟袅袅，木鱼声声。灵山寺很古老，晋代以前就有了雏形，时称朗陵院。朗陵院因朗陵山而得名，朗陵山是大工山主峰后西南方的一座山峰。南北朝梁朝天监年间，杯渡禅师到此传佛，改朗陵院为灵山寺，意在赞美朗陵山的灵秀，现在寺前一些石墩上依稀还能看到“梁天监”

字样。晋代名臣、孝子何琦，是工山本地人，曾在朗陵院读书、著论、炼丹、交友，名气很大，后人来此凭吊写了不少诗文，如方国冈的《朗陵山中》“山花似欲留人住，明月还能照我行”、梅清的《登工山》“我呼朗陵侯，何处应声起”等等。元末明初，有红巾军余部，共几十人，战后到寺庙栖身悟佛，使灵山寺大盛。那时山寺有殿房厅屋上百间，又有铜陵到南陵古驿道从庙前通过，西来东去，熙熙攘攘，香火旺盛，原来的灵山寺庙已容纳不下僧众，便往下一里多处，再建一处寺庙，上面叫老庙，下面叫新庙，时过境迁，现在统称老庙。

渡江战役前，我军侦察大队300余人到江南侦察，从铜陵到繁昌，又到了南陵，夜宿灵山寺。国民党南陵县保安大队闻讯前来围剿，侦察大队发起冲锋，向泾县方向突围而去。第二天，国民党军来报复，没找到解放军，便放了一把火，烧毁了这座千年古庙。因此，现在的灵山寺是重建的。我们找到老灵山寺的遗址，看到大殿，房厅的道道青石墙基，还有斜歪的石鼓、门墩等等，房基前山溪上还有两座当年的石桥，尚可通行，还有沿着山溪残存的古石板驿道。一根根毛竹从宅基地石缝里透出，竹叶簌簌作响，仿佛在诉说着那一段难忘的历史。这儿山高林密，一条古驿路沿谷口外出，中间老灵山寺遗址是难得的一块平地，溪流潺湲，环境幽雅，真是好山好水好地方。

从南边登大工山很是方便，车子可以开到现在的灵山寺大殿门口广场上，登山步道就在寺庙左前方。工山镇投入巨资历时三年修建了登大工山步道，一直通到山顶，上山之路全部砌成了石板台阶，现在登山很是便捷。

从西边登大工山，须由千山水库沿岸西行，两公里后，“路转溪头忽见”，一个山村显露出来，叫“谢家芊”，村上住户多姓谢。元朝战乱之时，谢氏四户人家从徽州避乱来到此处，他们刈草拓荒，开田造地，经过几百年的繁衍，成了一个大村落。一条山溪从村中流过，两边尽是房舍，溪埂即村中大道，溪上架着石桥连通两岸，家家绿树掩映，户户红花争艳。用山石垒的院墙整整齐齐，别具一格；石板铺的晒场干干净净，经济实用；房舍根据地势地貌而建，错落有致；四周的青山、天上的白云，都是村庄的“配饰”。这儿村落、房舍、溪流、道路、石桥等等，与周围环境自然贴切，暗合谢家先祖谢灵运的诗句“密林含余清，远峰隐半规”“石浅水潺湲，日落山照曜”。过了谢家芊，上坡行四五里，到了大工山西边余脉一平岗处，称岛岸。据说夏秋之朝夕，这儿云雾流动，脚下的山峦被云气所掩，只剩下几处稍高的山岭尖子外露，被云雾包围着，如海浪中之岛之岸，故称岛岸。岛岸是山上古老的十字路口，是古驿道经过之地，现存有古老的石板路，它西通铜陵，东达大工山主峰，北到牧家亭古镇至繁昌，南去灵山寺，从谢家芊出山，东折向南陵、青阳。岛岸的西边有一峰，人称落日岭，傍晚在岛岸看夕阳西下，最后落入此岭背后，可以看到“苍山如海，残阳如血”的壮美。

不远处，还有一个景点，叫姑嫂石。传说山下一户农家，夜里耕牛跑出了牛栏，姑嫂二人急起追赶，衣衫单薄，追入山中，刺挂树绊，天亮时已寒风侵肌，二人相拥而立，久之，化为石人，就是我们现在看到的两个长发女人拥抱在一起的石像，即姑嫂石。历代文人写过不少关于姑嫂石的诗文。工山镇在大工山南麓、千山水库之下，建造了一个姑嫂石主题公园，雕塑了一尊姑嫂石的形象，园内有亭台阁榭、小桥流水，四季花艳，值得一看。

大工山北麓有一处国内外知名的地方，那就是1996年被国务院批准为第四批全国重点文物保护单位——大工山古矿井。铜陵的凤凰山古铜矿采冶遗址到南陵县大工山古铜矿采冶遗址及大工山江木冲古铜矿采冶遗址，面积有600多平方公里，大工山古铜矿遗址处在核心位置。考古人员来此勘探发掘，认定大工山古铜矿采冶遗址是中国青铜文化重要发源地之一，在世界冶金史和文明史上占有重要的地位。大工山古铜矿井下发现了前人采矿的钻子、锤子、排水用的龙骨水车残骸，采矿工人生活用的陶碗、陶罐等，发现了规模很大的地下采矿场，还发现了多处炼铜的炉窑遗址；有些地方堆积的铜渣达8米高，上面已长出了草树，形成了一座座小山峦，据测算铜渣有100万吨以上，出铜达10万吨。大工山北麓塌里牧村，家家户户都用铜矿渣饼垒猪圈、做围墙。我曾陪同一些领导和专家去参观，一次有个外国人看到村民们用铜渣饼砌厕所，很是心痛，连说“no，no”，意思是不可以这样做。

这个古铜矿从西周时期一直开采到南宋时期，跨度一千几百年，据考证，当时工人有一两千人，有专门的管理机构，还有执法人员，因为有一部分工人是囚徒。唐代诗人李白到这一带旅游，用诗写出了当时炼铜的宏大场景："炉火照天地，红星乱紫烟。赧郎明月夜，歌曲动寒川。"南陵出土的青铜龙耳尊和吴王姬光的青铜佩剑，代表了当时冶炼、铸造、焊接技术的最高水平。特别是吴越争霸、吴国称雄之时，两国国力的发展，军事上的强大，都离不开青铜制造，青铜的作用举足轻重。战国时，大工山北麓出产的青铜以质优闻名于世，被誉为"陵阳之金"，大工山北麓地区简直就是那个时代的"硅谷"。现在大工山北麓那一带地表上长满了"海州香薷"，俗称"铜草花"，盛开着紫色的牙刷形小花，那是富含铜矿的地标植物。大工山是有宝藏的山！

大工山西北面山脚下的沙滩脚自然村，是个古老的村落，山重水复，林茂竹盛。1938年10月新四军三支队司令部曾驻此村，谭震林在此主持军政工作，发动群众，指挥部队对日军作战，指挥机关遗址还能找到。2006年谭震林的小女儿谭胜远特地从北京到这一带来，到大工山下寻访父辈当年战斗过的地方，看望乡亲们。

大工山，不论从哪个方向观山、登山，都是矗立天地，雄奇壮丽，千峰竞秀，万壑藏幽，但从不同的方向观山、登山，它又各具特色。大工山东面之特征是明朗特立，南面之主题是深幽峥嵘，西面之状貌是绵延起伏，北面之气势是陡峭峻峙。

我们从南面登山步道攀登，折向西边，上了鲤鱼峰。鲤鱼峰低于主峰芙蓉峰几十米，离主峰有四五百米远，谷深林茂，苍翠络绎。鲤鱼峰旁边有一天然石窟，名为"八角石洞"，洞内仅十几平方米，四壁有颗粒状矿体，似金似石，有光泽，呈多角形，大如黄豆、绿豆，这就是八角石，玲珑可爱。洞内有泉眼两个，下各有脸盆大小的水凼，流水细细，终年不涸，此处海拔500米以上，人皆称奇；更令人称奇的是，将八角石在小水凼中洗擦，在左边水凼中洗过的八角石颜色变黄，在右边水凼中洗过的八角石颜色变白，人们便称这两个水凼为"金凼""银凼"。传说鲤鱼峰本是一个鲤鱼精，八角石就是鲤鱼籽，某天八仙经过大工山，看见鲤鱼精正展须鼓鳃，欲往东海，恐生灵遭其荼毒，铁拐李率先打它一拐杖，又踏上一只脚，踩住鲤鱼精，一时用力过度，竟将鲤鱼精踩得肚破腹裂，鱼籽迸出，这就是今天我们看到的八角石。

登上大工山主峰芙蓉峰，清风浩荡，尽览众山。传说远古时候，女娲补天后，随手用她的风雷之剑割下一片青玉，抛在江东陵阳之地。清代才子郑文熊在《工山削翠赋》中写道："至今屹立之中峰，惟远望之而翠含。"于是形成了今天的大工山，青润如玉的大工山。一批批名人雅士，用生花之笔写诗作赋，赞美大工山的大美，为大工山增添了色彩，塑造了灵魂，使大工山的美好形象广为人知。他们与大工山之缘，凝聚为文字，沉淀成了历史文化，演变成了人文景观。

站在大工山之巅，向东指顾，两边如飘带的丘陵之间，是一片平川，千村万舍，南陵县城区高楼拔地，真正的"城中十万户"，是繁华绮丽之处，再往前看，隐隐的是清弋江畔的珩琅山影。向南望，那是大工山的发源之处，是黄山、是九华山，大工山是其余脉，用心听，似乎能听见九华山的梵音。向西看，山岭蜿蜒起伏，重重叠叠，那里面有著名的五松山，大诗人李白在其间饮酒赋诗，携友畅游，使五松山留名千古，再往前，便是闻名世界的古铜都——铜陵。向北，首先看到的是马仁山与笔架山，那也是两座神奇瑰丽的名山，但和大工山一比，它们只能以小巧玲珑为特色了，再向前看，隐约可见长江之畔重镇芜湖的部分轮廓，万里长江如线，尽在有无之间。

下山途中，看见京福高铁线上，一列火车正从西边驶来，御风鸣笛穿过大工山隧道，向东南呼啸而去，热情的大工山敞开了胸膛，深深地融进了这飞速发展的新时代。这古老与现代，这宁静与飞动，和谐可爱，令人遐想。

游山峰村感怀

4月上旬一个风和日丽的日子，朋友邀我去工山镇山峰村一个叫“毛园农家乐”小聚，我欣然应邀，因为那个村我工作过，印象很深。

大工山依旧如画屏般悬挂，它是山峰村的背景，山峰村就在大工山正前方。公路两旁梯田里油菜花开得娇黄，明净的山峦上青松郁郁，凸出地表的村庄房屋在隐隐的桃花、梨花、翠竹中，随着车子的前进而“移步换景”，令人心旷神怡，真是锦绣成堆了。驱车到达“毛园农家乐”，那里竹篱草棚，依山而建，拾级而进，院外篁竹摇曳，院内杜鹃怒放，室内木凳方桌，石磨柴灶，一幅早年农村人家的样式，那时很普通，现在很少见。

20世纪80年代的山峰村，是工山乡最偏远、条件最差的一个大队，那时习惯上还称大队。当时以农耕为主，山区耕地少且高塝窄垅，土浅田薄，水利条件也差，稍一干旱，难有收成。我从教师岗位调至乡政府工作，一开始便被派到山峰大队联村，习惯上称“包片干部”，就是负责联系配合这个村里的各项工作，如农业税征收、电费收缴、计划生育等等。记得第一天早上我到山峰村下队，村里倪书记叫炊事员准备中午的工作餐。炊事员是个六十多岁的老奶奶，姓钱，钱奶奶说：“卖菜的，不肯赊账，要现钱才行，他说大队去年欠钱未清，现在概不赊菜给大队。”倪书记从自己口袋里掏出几十元钱说：“今天付现钱，我先垫上，周干事今天才到我们村，不能没饭吃。欠几个菜钱，这么看不起人，穷困大队矮人家一截呢！”这件事至今记得，由此可见山峰村当年经济上的窘况。

现在的山峰村可大不一样了。据了解，该村已进入工山镇先进村行列，各项工作领先，经济上翻身，村容整洁，生活富裕，是小康村了。村民住宅都是二层三层的小楼，是2000年左右建造的。近十年来，很多村民在城里购房居住，或随儿女融入了城里，这些小楼往往过年团聚使用，以示不丢根脉。

钱奶奶、倪书记都于多年前作古，后面还有个丁书记，我印象较深。丁书记是退伍军人，性子直，做事急，他喜欢用一种赶网赶小河里的鱼，每当赶了点鱼，便对我说：“周干事，今天早上赶了二碗鱼，中午我俩聚聚。”挺亲切的。还有一位老汪书记，他1949年时就当大队一级的书记，德高望重，工作经验丰富。他的几个子女都是我过去的学生。老书记对我很客气，总说我是他孩子的老师，一直称呼我为“周老师”。丁书记、老汪书记也都作古了。

1989年，我们利用晚上在山峰村的一个生产队召开水利兴修会，二十几个人聚在生产队长家，都说要修那个当家塘，算算家家出工要干十来天。我当即按田亩摊工到各户头上，又问开工前要不要“堆草堆”。所谓“堆草堆”，就是把农户的稻子收上来堆放在一起，待工程完成后，各家再领回自家的稻子，是防止有人不上工的土办法。大家都说：不必了，都自觉上工，趁天晴，一鼓作气把工程干完。这个小工程，我每天来塘埂上看一次，大约十多天便修好了。工程结束的那天晚上，大家凑份子办了一餐饭，自家贺自家，很是开心。我骑着自行车半夜回家，摔了一跤，脚崴了一下，一个多月才好。

“毛园农家乐”离景点“龙池浸月”不远，当年的采矿企业“龙池庵铜矿”就在那里，我们便去看看。

七八十年代，此铜矿效益很好，孔雀石更是全国闻名。当年这儿灯火通明，机声飞扬，人进人出，现在采矿洞口已封，深山野岭，无人问津。“龙池浸月”是南陵古十景之一，龙池原为一个三分田大小的泉眼，深数丈，泉水终年清冽，不溢不涸，夜月升空之时，山空人静，池水映月，清幽深邃，明代吴应泰赞曰“天沼自天开，清光映月台”，清代屈升瀛赞曰“传道通江湖，信是神龙窟”。从废石堆脚下，汩汩泉水溢出，想必是从被埋没的古龙池井中流出来的。看见我们再三嗟叹，“毛园农家乐”张总笑着说：“这地方要好好修整打理一下，开发几个景点，对我们的饭店是有好处的，你们尽兴，我也能增加些收益。”我们笑着称是。

我们又到大工山东南麓的原龙池庵选矿厂旧址。1984年工山乡利用自家龙池庵铜矿石的资源，开办了龙池庵选矿厂，对开采出来的矿石进行浮选加工，提高其附加值。办厂需要一批技工，乡政府在回乡初高中毕业学生中选招，先送到铜陵有关公司去培训学习上岗。这一批年轻男女到选矿厂后，山上热闹起来，上班下班的路上人来人往，络绎不绝，那时都是骑自行车，车轮滚滚，特别是下班时从山上回家，一路下坡，车速飞快，车铃清脆，成了一道风景。

选矿厂的车间里、化验室里，到处都是年轻人忙忙碌碌的身影。货场上汽车轰鸣，矿石滚滚，一片喧嚣。小伙子姑娘们充满了激情，身穿工作服，操作着机器，潇洒得很，实在是一幅现代化工厂运行的场景。虽然在深山里，但是他们不甘寂寞，工作之余他们办了一份叫“孔雀石”的文学刊物，还让我给他们看稿，这个刊物的主编许同学文笔不错，后来他被南陵县宣传部门招过去做了记者。

后来我到工山乡乡政府工作，分管过企业，多次到选矿厂来对接工作。厂里科室负责人、技工、化验员大多是我以前的学生。我们见面格外亲切，都会想到谈到他们当年在校读书的情景，和他们交流非常愉快。算来已经30多年了。

回到“毛园农家乐”，菜已上齐，有现挖的鲜笋，现采的蕨菜、荠菜，还有嫩韭、小鱼、蒿子粑粑等，不愧为“农家乐”，大家都说不虚此行。我除了有和朋友们共同的感觉，还有自己一份独特的沧桑之感，这里是我30多年前生活和工作的地方，有许多人和事刻在我的脑海里。

赋诗一首，聊表情怀：

大工山麓觅闲幽，溪水浮花著色流。
飘逸氤氲连翠岭，芬芳桃李掩华楼。
悬崖鸟唱红藤茂，故道车行绿浪稠。
岁月沧桑多变幻，暮年遥记少年游。

游射的山散记

射的山位于南陵县城西30余里的工山镇桂镇村境内。北宋《太平寰宇记》中记载:此山遥望颇似射侯,因名射的山。说此山之峰遥望就像竖立在蓝天之下的箭靶子,这样大的箭靶子,恐怕只能给后羿用。此山的三个山峰并列,恰似古代文人使用的笔架,故又称笔架山,这么大的笔架子,恐怕只能放置玉帝使用的倚天巨笔吧。还有一个故事说:射的山原本是一峰独立,傲出蓝天,但它桀骜不驯,不遵玉帝旨意而行事,竟想长得超出邻近的大工山,玉帝大怒,遂用五雷击碎了它的峰首,使其主峰一分为三,故人们又称它为"破头山"。另还有"蝌蚪山""磕头山"之传说与别称。射的山是有故事的山。

我们车子开到了阳村湖水库大坝之上,这儿是射的山的起端。阳村湖水库傍山而建,轻波縠绉,东有整齐碧绿的茶园,北有隐隐的村庄,南有层层的农田。游人看到的湖虽然是景点,但其实它的主要功能是灌溉田亩,确保农业丰收。桂山乡是山区,历史上受尽干旱之苦,1958年桂山人发奋图强,修建了这座水库,近6000亩田地得到灌溉。当年筑库之时,谁也想不到几十年后,水库成了当地一道靓丽的风景线,人们观赏、拍照、题诗、垂钓、游泳,声名远播,生发出另一种功能与效益。

我们从东边上山,步入山脚下的林荫道中,转过山脚凸伸处,前面出现一个叫上木桂的村庄。射的山属九华山余脉,山势向东绵延,一处褶皱呈环状,村庄就在这环中，房屋依山势而建，错落有致，宅边高树抱合，屋后射的山成为背景。陪同我们的当地朋友说：这个村子有好几户原来住在下面，重建房宅时，往上面挪了些，把原先平坦的宅基地改为农田，这样就增加了不少耕地。增地即增收，这是时任桂镇大队书记俞金好提出的做法。不远处，庄稼长势正旺，那儿原是桂镇桥老街的旧址，把老街移到旁边的丘陵上，原址改成了上百亩良田，村民们一直受益。

我们一边聊着一边上山。此段山路平坦，路边尽是野生竹子，透出了许多笋子，不少当地农人在山间扳笋子，或是坐在路边石头上剥笋子壳。再往上走了一段，竹子少了，多是杂树灌木，枝叶茂密，仅一条小路单人可行。登上一个岩石小平台，回头向山下望去，杂树生花，闻到阵阵浓郁的金银花香味。我看到山洼中一片片绿色，间隔出现几棵挺拔的大树，朋友说那是檫树，是五十多年前大队办林场时栽的，它们是那一段历史的见证。

山路越来越陡，已经可以看见射的山三个石峰了。路边一丛丛的茶叶，状似野生，以及三间石头垒的老旧山棚，是当年采茶人休息和避雨的地方。朋友说，这个地方原先有野茶，常年云雾缭绕，氤氲蒸腾，茶叶清香，回味悠长，故取名“笔架山云雾茶”，一时芳名远播，购者盈门。后来扩大茶园，面积达60亩，抬眼望去，崖石旁，坎子下，凡是能种茶的地方，都充分利用了。我们也喝过这射的山云雾茶，今天看到了它的生长地，才知道在这石崖上种茶、采茶的辛苦，采好后还要挑到山下去炒制，这炒制中杀青、揉捻、烘干等过程都是复杂的活儿，有很高的技术含量。

走过了崖畔的小茶园，开始攀登主峰。射的山有并列的东、中、西3个石峰，我们选登中间一座，踩着一个个石窝窝向上攀。石窝窝两旁长着一丛丛的韭菜草，当地人叫牛皮草，它紧紧依附着山岩，特别是石壁上的凹陷和缝隙处，扎根极牢，我们抓紧它。此草极有韧性，又柔和又受力，我们边拽边躬身爬行，终于登上顶，一看，这中石峰居然一分为二，中间有个大缝隙，有两三米宽，我们上的是西半边，东半边比西半边还高出了一二米。我们下到缝隙里，再往东半边那石壁上爬，上了中石峰东半边最高点，两三分田大小，站在山顶上，人借势而高了。

先看看射的山东石峰，与我们登上的中石峰只隔百米远。再看看西石峰，距中石峰也有百多米远，它是射的山三个石峰中最完整、周长最大的，浑然光滑，直插蓝天，如笋如剑之立，据说当地仅有一位聋老汉登上过一次。它也是安徽省最长的大岩壁运动攀爬线路，我们没本事上去，只能站在中石峰向它致敬。

射的山云雾缥缈之日多，有时山上雾气弥漫，飘忽不定，游人浮在云气中，时而见脸，时而见足，抑或明知人在咫尺，却是闻声不见人。我们去的这天，无云无雾，视野极佳，这境况是少有的，虽与绮云乳雾之飘逸失之交臂，但蓝天丽日之灿烂却也难得。

《太平寰宇记》关于南陵县射的山记载：上有玉在石壁内，南面遥见有白色处，曾有人欲取，上山后，遇风雨而止。这里说的就是西石峰，朋友指着那一小块隐隐的白点给我们看了，说玉就在那里面。射的山是玉石之山，这个传说由来已久。

南陵县志记载：居人常于元旦以山色占岁，射的白，米斛百；射的玄，米斛千。说元旦这天看射的山石峰，岩面发白兆丰年，一斛米只卖一百钱，岩面发黑，会歉收，一斛米卖一千钱。射的山是传说中一座能占卜丰歉的神灵之山，“射的占丰”是南陵十景之一。

在那烽火连天的战争年代，我军曾出入此山，利用这里的有利地形，抵抗侵略者，打击反动派，迎来人民解放军过长江、下江南、解放全中国。当时，有地下工作者隐匿在射的山西石峰绝壁上的石洞里，入夜用绳索向石洞里吊送食物，那都是堡垒户偷偷送来的，前后十多天，最后安全转移。射的山是一座红色之山。

中石峰顶上，我站在中间，陡峭特立，不敢去边上。遥望阳村湖水库，如一块碧蓝的宝石，远近地貌的确是“五山一水三分田，一分道路与家园”。南方，是雄峙削翠的大工山，有“工山削翠”景区；西边，紧连着马仁山，似乎可以听见乌霞寺悠扬的钟声。从宋代开始，文人纷纷到此游历题诗，如宋代白玉蟾《笔架山》“三峰坐断江南天，临汝城头苍苍然”、辛好礼《笔架山》“清秋山水无不宜，笔架之峰天下奇”，明代梅鼎祚《射的山》“鹿门旧有移家兴，乞种南陵附郭田”、张穆《笔架山》“本来凝结自洪濛，精凿争言鬼斧功”，清代刘楷《射的山》“射的山前千顷田，每看山色一占年”、金朝觐《笔架山四首》（其二）“三峰突起宛中央，应是徐陵搁笔场”等等。射的山可谓人文之山。

从南面下山，路陡于东面，林木密于东面，人在丛林树枝下行走，不见阳光，到处古藤缠绕，树冠叠遮。有一岩壁垂直挂立，数丈见方，多根紫藤从岩壁立面交错穿行，因林木掩阻，仰望不见其去向，藤亦穿石，石亦夹藤，半露的藤疏密有致地印在岩壁上，乍一看去，犹如地图上河流、铁道、公路之标识，又似一幅线条明朗、立体感强烈的苏绣图案，令人称奇。

花果山生态果园

这里说的花果山不是《西游记》里那个花果山，而是位于工山镇桃园村境内南丫公路南侧的花果山。企业家刘峰先生在此辟山地几百亩，遍植桃、李、樱桃、杨梅、桑葚、枇杷等果树，遂以“花果山”为名。

六月上旬我们去花果山采桃，远远便望见用毛竹编架的拱形园门，门楣上勾画出七个红色的大字“花果山生态果园”，仿佛看到了桃子熟了那鲜红的颜色。步入园门便隐约闻到了桃子成熟特有的香味，前行两百多米到了山上，顺着主人的手势向西边山梁看去，陡坡上的桃林如画挂在眼前，树上桃子半掩在桃叶中，阳光折射，微风轻拂，桃的红色忽闪着，很是诱人。我们拎着篮子，迫不及待地走入桃园，桃树修剪得正好一人高，方便采摘，顺着山势把桃树栽得一层层一行行，犹如梯田。每棵树上，桃子累累，把桃枝都压弯了。近看，桃子白里透红，红为主色，红彤彤，水灵灵，就像北京街头在草把子上插的红红的冰糖葫芦那么稠密，又似喜庆时人们挂的一串串小红灯笼那样鲜艳。林子里飘满了香味，我们边采摘边欣赏，愉悦至极。

我懊悔三个月之前桃树开花时没来，错过了那“桃之夭夭，灼灼其华”“满树和娇烂漫红，万枝丹彩灼春融”的美景。那应该是：每一个开满桃花的山峦，就是飘浮在湛蓝天空下一朵红色的云彩，蜜蜂嗡嗡唱着歌传着粉，山雀的欢叫则在击磬，“人在画中游”，这图画是立体的，有声有色有香味。我很喜欢桃花，它是最平凡的、最大众化的，通过它可以表达浓烈的情感、芬芳的岁月、缱绻的爱意。写桃花的文字极多，如：“东风著意，先上小桃枝”，“千株含露态，何处照人红”，“去年今日此门中，人面桃花相映红”，陶渊明《桃花源记》也是借桃花点缀了那个理想的地方：“忽逢桃花林……落英缤纷……”有桃花的地方，就有美好的风景，就有生活的烟火气。明年我一定要来观赏桃花！

刘峰先生告诉我们，最先成熟的是樱桃，称之为早春果。此树果实漂亮，成熟的红如玛瑙，未成熟的黄如凝脂，简直是一树宝石。我们来的这个时候，樱桃、杨梅、桑葚、枇杷等果实已经下市了，好客的主人拿出泡制了两年的杨梅酒与桑葚酒给我们享用，弥补我们未采到这些果实的遗憾。

刘峰先生还告诉我们，他在这山上已经待了5年，前3年是修路拓荒，开山打宕、植树除草，在山棚里值守，冬寒夏热，风割虫咬，生活设施一时未能建设好，很是艰苦。另外，他家里在县城还经营着一个服装店，更是忙碌。这2年果树挂枝了，压力相对减轻。

我们喝着香甜的果酒，享受他们的劳动成果，听着他们创业的故事，敬佩他们的创业精神，衷心祝愿他们的事业越来越火红。

中州村清弋江大桥记

中秋刚过,国庆又临,菊花含笑,桂子播香。良辰佳日,一桥凌空飞架;放歌载舞,满村喜悦欢欣。车队逶迤,彩旗招展,炮仗震天,中州沸腾。江水清蓝,映出两桥同现;晴空深邃,见证千年企盼。康庄大道,就在今日铺就。

叶红水碧,相映大桥秋之宁静;雪飞梅开,凸显大桥冬之风骨;柳丝摇曳,点缀大桥春之和美;江水拍岸,衬托大桥夏之气势。

古老的中州,为南陵之飞地;美丽的中州,是弋江之明珠。东与宣州接壤,西与泾县交界,处在泾宣中,紧依弋江畔。老中州人说:走的是宣州路,砍的是泾县柴,缴的是南陵税。一江阻隔,千年孤岛。朝朝代代,舟楫系在江堤;日日月月,渡口连着生计。汛期水涨,风雨助浪,漩涡湍急,舵手失控,渡船覆而殒四命,亲人恸而伤一村,此历史也。喜看今日:风雨过桥,闲庭信步,桥下奔腾江水浩渺,桥上观赏长虹卧波。小汽车,大货车,乘人载货疾驰过;电瓶车,摩托车,赶集探亲任意行。

大桥2020年12月奠基,2021年10月建成,桥宽10米,桥长近600米。质量之高,速度之快,上下称道;管理监督,步步到位,一丝不苟。立项之初,上级审核统筹;宣传伊始,群众热烈响应。企业家领头捐款,老百姓积极筹资。上有九十二岁老婆婆,下见一十二岁读书郎,皆捐资响应。更有大学读研之学子,捐出万元奖学金;单位退休之耄耋,献上一年生活费。男女老少,齐心合力,集资修桥,建设家乡。

拆迁,桥头农户自己动手;征地,村里群众毫无赘言。不讲价钱,不提条件,一切为了大桥,为了明天,为了子孙后代。

桥既建成,拓宽思路,精心谋划,资源利用:江畔草地沙滩一片,江岸白杨鸥鹭十里,可建湿地公园,可兴乡村旅游,可做观光农业。大桥通达,带动一方,顺势而为,开创未来。

雄伟的大桥,圆梦的大桥,通向幸福的大桥!

古朴的中州,崭新的中州,充满希望的中州!

说钓鱼

小时候我将大头针弯曲成鱼钩，钓过青蛙，以后便没再摸过钓竿。退休后，朋友邀我去钓鱼，我欣然前往，重理旧技。

第一次钓儿下水，时间不长便连钓了两条青鱼，这是淡水鱼中最好的鱼了，2斤多一尾，我是山区人，见这么大的鱼，觉得很满意了。朋友说，圩区这2斤左右的青鱼，算是鱼苗儿，正长着呢，不能钓。我才知道，圩区和山区标准不一样，得守人家规矩，恋恋不舍地放了那两条青鱼。钓了一上午，收获不错：5条鲫鱼、2条黄黄的昂刺鱼，共约4斤重。更重要的是，我充分享受了钓鱼的过程：鱼儿一咬钩，浮漂往下一沉，我心里高兴得一跳，双手把鱼竿往上一抬，鱼儿出水，甩拎到岸上，用毛巾包着摘下它，放进渔护之中，它一下蹿起一片水花。有时将浮漂往水里一沉，鱼竿往上一拎，水中呼地起了个漩涡，把浮漂拉得往下猛沉，那是大鱼上钩了。这时得管控好喜悦，拉着线，顺着鱼儿的浮力，慢慢地悠着它，它松你紧，它紧你松，这叫"溜鱼"，得把鱼儿气力耗得差不多了，鱼头浮出了水面，让它呛几次水，它没劲了，慢慢提线，移牵到岸边，再用兜网把它捞上来。有时就在兜网捞鱼刚碰到它那一刻，大鱼奋力一搅，翻起一个大水涡，打得兜网一歪，鱼线突然断了，它跑了，你站在岸边跺脚懊恼，同伴会安慰说："塘里一个鱼儿，地上一个主儿，那鱼注定不是你的，无缘分啦！再钓吧，下一条可能是你的了。"得与失，我都碰过好多次，见怪不怪，习以为常，心态也就平和了。

钓鱼选择位置很重要：冬天要选向阳暖和的地方；夏天气温高，选水深一些的地方；春秋季节，选水深适中、水面有青草的地方。了解这些情况，找准位置，成功率会高些。

钓鱼很辛苦。夏天，圩区河道大埂很高，水位很低，我们站在河道里，一丝风没有，骄阳似火，汗如雨下，但我们纹丝不动——鳙鲢喜欢在高温下活动。我钓上一条鱼时，已热得无气力拉上来，同伴来帮忙，等我爬上堤埂，一屁股坐在滚烫的地上，拼命喘气，说下回不这么干了，但过了两天，又这样干起来。冬天，中午暖和，垂钓舒适，哪知天气突变，刮起了东北风，我衣服穿少了，冻得鼻涕直流，原地不时跺脚，几个小时下来，鱼没钓到，人感冒了。

钓鱼也很危险。我有个钓友，钓鱼时鱼钩被树枝弹回，竟然钩住了自己的眼皮，他让我们用老虎钳拽下来，我们几个人试着拽，不敢硬拽，又怕弄坏了他眼睛，他只好自己咬断鱼线，眼皮上挂着鱼钩，还拖着一小截鱼线，开车到镇里卫生院，让医生开刀给取出来。还有一个钓友，给鱼取钩时，鱼尾巴一打，把鱼钩打进他的手掌，让我帮他拽出来。我拿着老虎钳夹住钩尾巴对他说："这钩子不大，戳得不深，你是当过兵的人，承受力强，估计能拽出来。"我拽了三次，竟没拽出来，每次他都痛得身上冒冷汗，估计他痛点很低，我不敢下狠手，因为鱼钩上面有倒刺，最后还是去医院开了刀。

钓鱼自古就是一项生活技能，更是一件雅事。半坡遗址中发现了新石器时代许多骨制的钓钩。传说中，舜是中华钓鱼第一人，他一边扛着鱼竿游钓一边四处考察民情；姜太公直钩钓鱼，不挂饵，不入水，钓的是周天子；范蠡功成隐退，垂钓五湖，钓的是成功后的轻松与释然。屈原、谢灵运、李白、杜甫、白居易、苏东坡、黄庭坚等文人，都有过垂钓的经历，写过垂钓的雅趣，表达了自己的思想寄托及人生态度。

春天万物萌发，满眼生机，我们到圩区的奎湖垂钓。据说这奎湖是当年周瑜训练水军的基地，便想起苏东坡词"遥想公瑾当年，小乔初嫁了，雄姿英发"。李白也曾在这奎湖之南的仙坊游览，写下了多情的诗句。中午在湖畔酒家，把酒临风，湖光柳色尽在眼中，钓翁之意不在鱼也。回家作《奎湖垂钓》诗一首：

春和淑气野花红，遥望奎湖百汊通。
一线钓钩连碧水，七星墩岛缀晴空。
练兵公瑾战旗绚，举酒青莲诗兴浓。
文采风流磨岁月，芦芽又透觅遗踪。

秋天五彩缤纷，天高云淡，我们到丫山水库垂钓。岩壁耸立，水映石影，松涛呼啸，白鹭展翅，养鱼人小木屋四周遍植五色菊花，秋风吹过，摇曳生辉，使人想起陶渊明的“采菊东篱下，悠然见南山”。中午把鱼竿丢在水里，围坐着小木屋外面的石桌，享受着大碗茶、大碗菜、大碗酒、大碗饭，山岩、青松、碧水、秋菊、蓝天、白云，与酒香、酒意、酒话融合起来，非亲历者不能领悟。亦作《宇翔先生邀至丫山垂钓》诗一首：

轻车疾迅向西行，心旷神怡不计程。
深壑白云连岫起，浅溪红叶顺流平。
峰峦五彩悬佳画，纶线一根钓雅情。
鹭羽凌空添野趣，松涛阵阵啸清灵。

钓鱼人入门、提高、顿悟，会有三个阶段：其一是“七尺青竿一丈丝”“驻眼看钩不移手”，一心只想钓鱼，钓大鱼，多钓鱼；其二是“闲钓江鱼不钓名，瓦瓯斟酒暮山青”，随意闲钓，身心愉悦即可；其三是“孤舟蓑笠翁，独钓寒江雪”“夜静山寒鱼不食，满船空载月明归”，高雅清灵，为垂钓之最高境界。我等初窥门径，不亦乐乎。

第四编

司空山记

3月，我与宇翔、王先成相约去司空山、天柱山一游。选了一个晴朗之日，下午出发，车程400多公里，晚上到了距司空山约二十公里的温泉镇住下，泡泡温泉，养精蓄锐，准备第二天一早登山。

该山海拔1200多米。相传战国时期淳于氏官居司空，其为官清正，后隐居此山，故名叫司空山。车开到山脚寺庙前停下，抬头望见山门，门楣上是赵朴初先生题写的山名。广场上有一尊赵朴初先生的塑像。进入山门，地势变陡，台阶难走，两旁灌木居多，树皆不大，树龄不小，鳞皮皴裂。走到岔路口，一个标牌写着“栈道维修，请绕行”，于是我们折向西北，迂回而上。台阶越发显得古老，大多是整体石料铺就的，但是我们越走离主峰越远，两个多小时后登上了北面第二峰，又走了一里多的平路，绕了一个大圈，到了主峰下面的二祖寺庙。庙宇建在主峰下一平坦之地，分成三级大平台，每个平台面积2-3亩大，一层平台是山门及山门前放生池，二层平台是石牌坊及花木，牌坊雄伟高大、精美，三层平台在牌坊后，主要建筑是大雄宝殿，正面朝山谷正前方，很有气势，大殿重檐下有赵朴初先生题写的“二祖寺”匾牌，殿内佛像高大庄严，装金披彩，栩栩如生，两旁对联书法大气遒劲，禅意缥缈。

那天游客不多。史书记载，唐玄宗时此山极盛，有僧房五千余间，下设九庵四寺，香客盈门。元朝以降，不断衰败；近年经过修复，渐趋好转。

后山有个小平台，存有二祖禅刹。这个禅刹很特别，屋顶、墙壁全是用石块砌成，称为石殿，内供慧可像，对联云：天堑长流，望江山鱼跃鸢飞，冲天皓月；地维卓立，看峰峦蛟腾风舞，顶戴苍穹。

往上是三祖洞，即三祖僧璨打坐修禅的狭小石洞，还有二祖慧可传衣钵给三祖僧璨的传衣石，有明嘉靖太湖县县令翁溥手书的“二祖传衣石”刻其上。

抬头看大雄宝殿背后上方，有一石峰如笋，即司空山主峰之顶，高出我们驻足处八九十米。一股泉水从山上流出，一路流到山下，史书记载：庙后有泉，终岁不溢不涸。

下山时，我们从门前山谷直线下去。出了庙前山门，下坡一二里，地平坦，路好走，谷内路旁竹树尤盛，硕大的杜鹃花，热烈开放，深红、浅红、淡黄为主色，偶尔也有淡蓝色点缀其间，山外的这种花已开过凋谢了，山里开花迟，才盛开。途中有一段竹径，两边的竹子密密重重，不见阳光，清幽、清香，路旁伴着清澈的溪水，顺势而下，抚岸击石，水声潺潺，如拨琴弦。

这条路下山虽然陡一些，却是别有风光。我们到了几乎垂直的悬崖瀑布下，泉水从百十丈高的绝壁上跃下，飞珠溅玉，声如雷响，一看，石壁上果然刻有“雷音”二字。朝阳石上刻有明太湖县令罗汝芳的诗句“半空玉立乾坤柱，万劫金精日月华”以及“太白仙游”等，相关资料上说还有石刻李白的诗句“雪霁万里月，云开九江春”“断崖如削瓜，岚光破崖绿”，明代本地县令翁溥“十里芒鞋凌紫烟，半空石壁倚青天”。这些诗句描摹司空山突兀、陡峭、幽深的场景，游客亲历此中，都可印证。

下山已是下午一点多钟，午饭是几样山里的特色小菜：野笋、苦栗豆腐、石板鱼，加上三两当地产的苞谷烧，尽享这大自然的馈赠。

特作《浣溪沙·题司空山》一首：

意向司空自在游。平川花落已难求。山中花艳正风流。

瀑布南岩明玉泻，松风北岭暗香留。云生涧壑庙前头。

天柱山记

司空山到天柱山，距离一百多公里。天柱山，又名潜山、皖山、皖公山，是安徽三大名山之一，比司空山高了近500米。我们把车开到半山腰，直奔入住的山民家，即核心景区内南大门佛光寺旁山谷中一高台平地。晚餐菜肴不错，几个山珍，半壶老酒，看着窗外，山衔落日，林生紫气，和在城市饭店就餐的感觉是不一样的，山野之趣油然而生。

第二天，我们乘缆车上山。索道有两公里长，缆车底下是山峦竹树，旁边是石峰耸立。在振衣岗下车，开始步行。这儿台阶干净整齐，经高奔台、象鼻石，通向神秘谷，中途看一石峰岩壁，仔细揣摩，宛如人像，有人说这就是皖公之像。石阶忽上忽下，曲折回绕，时而傍石峰而行，时而穿岩洞而过。放眼望去，巨石成峰，诸峰生形，故名天狮峰、天蛙峰、飞虎峰、飞来峰、挂印峰、花峰等等。途中石壁上刻的"雲帰"（简化字为"云归"）二字最为雄健。山有老松，虬枝扁平，皆不高大，在石头缝里扎根。许多绝壁上全是石头，居然也有大大小小的松树成活，山风浩荡，枝叶婆娑，可谓生命力顽强。有一处"石瀑"，千仞石壁上出现似流水倾泻的条条水沟，但山顶上根本无水可来，令人惊叹大自然的神秘。

我们终于到了天池峰，这是天柱山第二高峰，是观赏天柱峰雄姿最佳处。天池峰峰顶宽平，上有二池，深不盈尺，不溢不涸。天池峰与第一高峰天柱峰直线距离约500米，天柱峰全石而成，如石柱，如宝剑，如春笋，如巨臂。峰南刻字“孤立擎霄”，峰腰西南刻写“中天一柱”“顶天立地”，峰上白云缭绕，蓝天为背景；谷中乳雾流动，白石为根基。

到达拜岳石，据说汉武帝曾在此遥拜天柱峰。一路向东行，路、峰、坎、洞全是岩石，峰柱一个连一个，中间全用栈道连缀，栈道下是万丈深渊，胆小者不敢斜视，加上山上风大寒气重，越加心惊。一路走来，一路古迹，石刻中文、题、记、诗各种文体，行、楷、隶、篆、草各种样式，应有皆有，简直是历史的天然档案馆和博物馆。天柱山也是联合国教科文组织批准的世界地质公园。

下到狭谷处，出现一泓碧水，青山、倒影、精舍映湖，这便是左慈炼丹湖。左慈是三国时期人，方士。湖旁有石洞二间，说是左慈炼丹室。吃了午饭，继续下山，回头可见，天柱山群峰尽在蓝天白云处，回想着在栈道上战战兢兢而弯腰攀登，留恋而心有余悸。白居易有诗“天柱一峰擎明月，洞门千仞锁云雷”，王安石诗云“水无心而宛转，山有色而环围”，李白赞曰“奇峰出奇石，秀木含秀气”，苏轼写道“拂拭悬崖观古字，尘心病眼两醒然”，黄庭坚吟道“白云横而不度，高鸟倦而犹飞”，字字珠玉，笔笔含情，全方位写出了天柱山的雄奇、壮美、古朴、深幽、秀丽。天柱山真是人文之山。我亦拾得《天柱山访古》数句：

三祖佛堂傍谷溪，缆车四望岭逶迤。
柬之留宿仙人洞，汉武巡临拜岳石。
琼佩霞裾苏轼意，奇峰秀木李白诗。
炼丹湖里碧波漾，焙药崖前紫气弥。
天地有情施造化，人文映照世称奇。

忆游宝鸡

去宝鸡是2014年，距今已经8年了。当年在宝鸡接待我们的几个学生都已从部队转业，到宝鸡市工作了，他们邀我再去宝鸡一游，我便想到写篇短文留作纪念。

我们一行6人，金友鑫，郭来喜，李金维和严云霞夫妇，我和妻李月英，于2014年4月16日中午到宝鸡。王文忠、汪亨平、魏晓宏三人早等在车站，他们及其爱人既是我的学生，也是老乡，他们十八九岁外出当兵，已经二十多年未见面了。车站出口处，他们老远就招手，我一眼就认出了他们，很是欣喜。驱车直奔他们部队招待所，他们说给我们接风洗尘，满桌的菜肴，盈杯的西凤酒，浓浓的乡情尽在不言中。

下午我们参观宝鸡青铜博物院。沿途高楼林立，街道宽敞整齐，还有一条刻意保留的老街道，沧桑而厚重，很有特色。街道旁，巷道内，机关大院子里，到处是绿树成荫，鲜花盛开，虽是大西北，实与江南无异。他们告诉我们：宝鸡市建城近2800年，比13朝古都西安还要早200多年。成语“明修栈道，暗度陈仓”，“陈仓”就是“宝鸡”的前身。传说在安史之乱中，唐玄宗逃到了陈仓，叛军紧追，情势危急，玄宗在山中迷路，忽然，两只山鸡引着玄宗款款南飞，终于脱险，两只山鸡当即化成了石鸡，屹立在山上，玄宗道：“陈仓，宝地也；山鸡，神鸡也。”“陈仓”便改名为“宝鸡”。现在的宝鸡市是国家首批生态园林城市、全国文明城市。

宝鸡青铜博物院建在陈仓石鼓山中华石鼓园内。唐朝贞观年间这儿出土过10个石鼓，人称“中华第一古物”，每个重约一吨，上面刻着大篆。博物院建在此山，意义非常。展厅外墙大门口刻有五个厚重的青铜大字：“青铜铸文明”。

第一展厅是“青铜之乡”。用沙盘制作宝鸡三区九县地形，标出其中的重要遗址。这些地方出土了万件以上的青铜器，特别是2003年在眉县杨家村发现一处窖藏，出土了鼎、盂、壶等近30件大型青铜礼器，上面都有铭文，显示了华夏早期的青铜文明。

第二展厅是“周礼之邦”。通过对簋、鼎、何尊、墙盘等青铜器的认识解读，了解周朝的礼法制度。簋相当于现在的碗，鼎相当于现在的锅，配套使用，在宴席中簋与鼎数量的多少，标志着身份的高低。何尊是祭器，上面铭文中有“余其宅兹中国，自之辟民”，这是有文字以来，最早出现的“中国”字样。墙盘制作精致，上面铭文是研究西周社会的宝贵史料。

第三展厅是“帝国之路”。讲述秦国在陈仓这块神奇的土地上，发展壮大，建立强国，统一天下。青铜文明的进步与秦国的强大相伴相随，武器、军器、礼器、乐器、祭器，当中青铜元素都不可或缺。1978年这里的杨家沟出土了秦公钟与秦公镈。镈是一种大型击打乐器，与编钟、铜磬等组合使用，用于贵族祭祀、国家宴会等礼仪场合。秦公镈铸造精美，九龙盘曲，龙飞凤舞，飞棱缠绕。这些青铜文明的高度发展，彰显了秦国强大的实力。

第四展厅介绍青铜器的制作。从制模、浇铸、打磨到加工，一条流水作业线，以青铜器酒具折觥为例，包括它上面的铭文，突出地展现了当时青铜器造型及纹饰艺术的特色，表现那个时代工匠高超的技艺与智慧。

我们接着观看了在宝鸡出土的石器与陶器，从新石器时代一直到清代都有，从一个侧面看到了宝鸡与其他地区的交流。还看到了各个时代的铜镜，它是历史上人们生活中不可缺少的物品。古人有“当户理云鬓，对镜帖花黄”“手中青铜镜，照我少年时”等等许多写铜镜的诗句，可以想见，这些铜镜当年一定照过那些靓女俊男的脸庞，现在它们静静地躺在那儿回味着昔日的荣光。

走出展馆，沿着茵湘河畔观光。河水清浅，伴城而去，河上有座观光廊桥横跨两岸，廊桥上有琉璃盖顶，两边有栏杆，廊柱内侧及滴水檐口下有彩绘，画的是宝鸡市的前世今生。东望是平川，河流远去；西南是山峦，重重叠叠，或浓或淡。

第二天，我们去法门寺参观。法门寺位于宝鸡市扶风县法门镇，距离宝鸡市100多公里，被誉为“关中塔庙始祖”，建于东汉，有1800多年的历史。远远就看见那佛塔，高近150米，共12层。1981年法门寺佛塔倒掉了半边，1987年重修，挖掘地基时，发现了大唐几代皇帝封藏在宝塔下地宫里的几千件国宝，特别是佛祖舍利。

地宫里出土展出的还有唐朝皇帝专门为迎送佛骨制造的金银礼器，还有几十件琉璃器皿和瓷器等，以及精美的丝绸制品，包括武则天的“武后绣裙”一件。另有一杆双轮十二环、高近二米的佛教大锡杖，这是目前世界上年代最早、体型最大、等级最高、制作最精的佛教法器。这些都是唐代的实物，品种数量之多、等级之高、保存之完好，实属罕见。

回程途中，我们到饭店用餐，吃了3道宝鸡的特色面点，记得其中有一道臊子面，用精致小巧的花碗盛上，分量不多，三口就吃光了，味道非常好，柔韧滑爽，汤味微有酸辣。据说苏东坡来此地，对这种面大加赞赏，并为之写下“甚欲去为汤饼客……”“汤饼”指的就是臊子面。后来我们在他处也吃过所谓的“陕西臊子面”，味道比宝鸡的差远了，因此印象深刻。

第三天我们游览了姜子牙钓鱼台。姜子牙钓鱼台位于宝鸡市东南30多公里的伐鱼河上，古时这条河被称为蟠溪，这儿南边是秦岭，北边是渭水，两岸古柏苍翠，山石嶙峋，风光秀丽。河边有一巨石，刻着“钓鱼台”3个篆体大字。巨石上有两条光滑的印槽，传说是姜子牙跪在石上钓鱼，日积月累磨出的痕迹，故此石又称“跪石”。姜子牙在此隐居10年，钓鱼不用弯钩，说：宁在直中取，不向曲中求，愿者上钩。终于等到了姬昌、姬发前来，请他辅政，姜子牙称有腿疾，二人先用车后来又背着他走，传说姬昌背他走了48步，后来周朝就有了48位君主，姬发用车子推他走了808步，周朝江山就有了808年。从此，姜子牙辅佐周文王、周武王、周成王、周康王4代君主，人称姜太公。

距钓鱼台不远处，伐鱼河畔还有一块巨大而完整的石英花岗岩，称为“丢石”。该石上大下小，呈碗状，高近7米，任凭河水急流冲撞，千百年来始终“稳如泰山”，很是神奇。清朝乾隆年间，宝鸡知县徐文博在丢石北侧刻写了“孕璜遗璞”四个大字。

丢石右上方河边，有姜太公庙。庙门口4株唐代古柏，40多米高，要3人合抱，真是“柯如青铜根如石”，苍翠偃蹇，古老而庄严。庙内有姜太公神像，仙风道骨，鹤发童颜，两边是杨戬与哪吒，壁上彩绘了太公垂钓、文王访贤这些故事。姜太公大名，上至皇帝大臣，下至平民百姓，人人知晓。《封神榜》一书更令姜太公无人不晓。历史上真实的姜子牙，是杰出的韬略家、军事家、政治家，儒、道、法、兵、纵横诸家皆追认他为本家人物，被尊为“百家宗师”，他还是励志成才、大器晚成的榜样。我们望着他的神像，很自然地想起两句家乡话：“姜太公钓鱼——愿者上钩”，“姜太公在此，百无禁忌”。这些话恐怕中华大地都有流传。

第四天我们去秦岭。早上下起了毛毛细雨，经过十八道弯盘山道，终于到了秦岭山梁口的界碑旁边，雨下大了，山上山下雾气弥漫，不知多深多远，“只缘身在此山中”。雨越下越大，来时说要去秦岭之南看嘉陵江的源头，去不成了。站在高耸的秦岭梁上，想到“川陕咽喉、兵家要地”这些词语。若是晴天，在这儿可以看到宝成铁路上火车在盘行。宝鸡到成都近700公里，过秦岭是顺山势而上，无隧道，无高架。这条铁路对沟通西北与西南地区起了很大作用。后来修建的新铁路，都是穿秦岭隧道而过。因此，宝成铁路，特别是秦岭这一段，非常适合旅游观光。

遥想韩信从这儿暗渡，拿下大散关，逐鹿中原。据考证，大散关真正的关隘，或说战斗防守部位，就在我们脚下的这个山梁之上，现在所称的大散关遗址那儿，应是关隘的指挥中心与后勤机关。这个山梁上的关隘，古代发生过

70多次战争，只有韩信暗渡那一次最成功。诸葛亮北伐，曾从这儿经过；曹操西征张鲁，也曾从这里进军，并留下诗句“晨上大散光，此道当何难”；陆游曾在此山梁关隘防御金人入侵，写下了“铁马秋风大散关”的诗句。隐隐传来金戈铁马之声，能感觉到历史在兵刃血火中前进。等了一会儿，雨不见停，只得离去，见下坡处有“古大散关”的城堡，青砖红栏，旌旗招展，显然是今人修复的。

宝鸡之行，我们只看到了锦绣宝鸡的一角，浮光掠影也算不上。厚重的宝鸡，秦砖汉瓦，周铜唐陶，随处都是。特别是它的自然风光与人文历史互相辉映，足以呈现宝鸡自身特色及它的历史地位。许多地方我们没来得及去，留下了遗憾，但也留下了念想，期待着再去一游。

枞阳、铜陵查寻苏拓夫烈士资料手记

2019年10月30日，工山镇委派鲍正启、陈明庆和我去苏拓夫烈士家乡及其活动过的地方搜集资料。

我们首先去了枞阳县史志办。接待人员告诉我们，苏拓夫是枞阳县项铺镇石溪村人（1905—1942），原名疏仁安（枞阳口音读“疏”为“搜”），字冠中，化名苏野夫、苏贯中、王冠卿等，是铜陵地区早期党组织创建者之一，曾任铜陵特支书记、中共铜陵繁昌无为中心县委书记、泾县旌德太平县委书记，是青阳县委党组织创始人。1942年1月被捕，7月被害于南陵县工山镇八都何村，现葬于八都何村。我们原有一些苏拓夫烈士的资料，但不完整，于是在枞阳县史志办复印了苏拓夫的全部资料。

接着，我们驱车二十多公里去苏拓夫的家乡项铺镇石溪村。村里人热情接待了我们，说苏拓夫有两位堂侄孙：一位是中学教师，叫疏洪；另一位在铜陵县法院工作，叫疏玉宽。他俩的资料在档案里。他们没有疏洪的电话号码，说以后问到了再发给我们；我们记下了疏玉宽的电话号码，打了多次均无应答，又去法院打听，说有此人，但联系不上。石溪村一位姓史的干部带我们到苏拓夫出生的地方——石溪村老街调查。老街约两百米长，四五米宽，两边新老房屋夹杂着，苏家的老房子只剩下一块空地，空地中有一棵大桦树。老街的尽头曾经是码头，通过长江直达芜湖、巢湖等地。遥想当年苏拓夫坐船到武汉，在农民运动讲习所学习，寻找救国之道，又坐船回家乡来宣传革命，最后一次从这儿外出，便永远没有回家。壮士一去不复返，鲜血浇开自由花。河水悠悠，陆路早已四通八达，英雄的故事在这里代代相传。

次日，我们去铜陵市义安区（原铜陵县）——苏拓夫创建党组织、任县委书记的地方。我们到史志办，跟工作人员说，我们要去沿江三县特支（铜陵特支）展览馆。在西联镇钱湾村，我们终于找到了展馆：独立方正的一个院落，三面围墙，一面是一排徽式平房，展室在平房里，史料写得清楚明白，满屋都是建党以来家在此地或是在此地工作的革命志士烈士的生平事迹及当年的革命文物。展馆中有关于苏拓夫烈士的整版文字介绍，我们用手机拍下这些珍贵的文字材料。

寻苏拓夫烈士后人及拍摄纪录片手记

工山镇决定拍摄一部小型纪录片，暂定名为《重托》。

2019年12月，我们收到了枞阳县项铺镇石溪村相关人员发来的苏拓夫烈士的堂侄孙疏洪先生的电话号码，便与疏洪联系上了。疏洪的爷爷是苏拓夫的亲哥哥，疏洪经常听母亲说苏拓夫的事情。

疏洪说：苏拓夫在家谱上的姓名叫疏仁安，因为没有子女，苏拓夫牺牲后，他们家就把疏洪的父亲过继给苏拓夫做继子，写入家谱。1953年苏拓夫的战友郑曰仁向党组织介绍说，苏拓夫就是疏仁安，是枞阳县白石乡（现项铺镇）石溪街人。郑曰仁是庐江人，1928年加入中国共产党，1949年后曾任中共皖北区党委副秘书长、安徽省人事厅副厅长等职。由于他的证明，国家向疏洪家颁发了烈属证书，并发了烈士抚恤金300块银元。1954年发大水，疏洪的父亲把烈属证书包好挂在房顶的大梁上，可惜大水冲倒了房屋，烈属证书就此遗失了。因为享受烈士遗属的待遇，1976年疏洪被推荐上了安徽师范大学，毕业后一直在枞阳会宫中学任教。

疏洪还说：他们只听说苏拓夫在繁昌被捕后就被杀害了，近年他们家两次去繁昌寻找苏拓夫墓，都没有找到。他们不知道苏拓夫在繁昌被捕后，押到泾县监狱，经拷打审讯，后被押到南陵八都何村被杀害。八都何村属南陵县，与繁昌、铜陵交界，苏拓夫当时就这三县交界处活动。

经过多次联系后，我们定于2020年3月30日请疏洪一家人来南陵县工山镇八都何村参加给苏拓夫烈士的扫墓活动，并且全程跟拍。上午10点多，疏洪夫妇携两个儿子到了工山镇跃进村部，工山镇党委宣传委员夏热主持接待工作。在墓园，疏洪一家敬献了花圈。镜头拍下了疏洪先生细细擦拭烈士墓碑的场景。

我们领着疏洪一行人去八都何村苏拓夫当年牺牲的地方凭吊追思。树木葱茏，茶花吐艳，碧水微涟，村居焕然。在垂柳塘埂边上，疏洪深情讲述了苏拓夫当年在枞阳、桐城一带发动群众进行斗争的情况。原县党史办鲍正启主任介绍了苏拓夫牺牲前后的情形。作为工山镇文联副主席，我述说了苏拓夫负伤到青阳县治疗并开展革命活动的一段历史。这些都被摄入镜头中。

我们领着疏洪一家参观了八都何村。八都何村，是省级美丽乡村，也是红色乡村，此地当时是游击队及新四军的根据地，曾多次受到国民党的清剿。今天到八都何村来，有着“弹洞村前壁，装点此关山，今朝更好看”的感慨。再看那白墙黛瓦，参差有致，古树掩映，曲巷相通，老屋朴实，新楼华美，小桥流水，亭榭精巧，使人目不暇接。疏洪的大儿子在合肥某建筑设计院工作，看过许多民居，参观八都何村后，他说八都何村非常好，自然和谐，因地制宜，布局合理，民居各项功能也做得很好，值得借鉴与学习。

吃过午饭后，我们送疏洪先生一家返回枞阳。我们约好几天后我们去枞阳续拍镜头。

4月2日，夏热带队，我和鲍正启、陈明庆以及摄制组3人赴枞阳。这次由疏洪当向导，我们首先到苏拓夫老家石溪街拍摄了苏拓夫家老宅遗址，然后去街头尽处港河边拍了那一片茂密的茭白与芦苇。疏洪说，听他母亲讲，当年苏拓夫就在屋后割下一片茭白与芦苇，晚上就在那里面召开农民积极分子秘密会议，宣传革命，发展组织。

接着我们去了浮山中学。苏拓夫老家有条河港连通浮山那边，驾船走水路，仅二三里，若从陆上绕行，有十几里路。浮山中学校史馆在一幢古树掩映的小楼里，馆内展板实物摆列有序，史料详实。我们看到了记叙苏拓夫1925

—1926年在浮山中学图书馆阅看进步书的文字，还有那些年久发黄的史料。当时的校长房秩五先生思想开明，倾向革命，收藏了多种革命书刊，向外秘密开放，苏拓夫就在这里读到了《新青年》《共产党宣言》等书刊，在这里开始了他的红色启蒙，1926年下半年苏拓夫进入武汉农民运动讲习所进行了较为系统的学习。

次日，我们拍摄义安区西联镇钱湾村的中共铜陵特支展览馆。我们是第二次来，熟悉了，拿着介绍信，领着摄制组，直奔展馆。此地环境很好，整齐雅静的四合院，透露一种肃穆的气氛，摄制组用无人机从天空俯拍展馆外全景，我们进入展馆内部拍下专门介绍苏拓夫烈士的那一版面，发现这次展板文字材料跟之前的文字资料相比做了很多改进。我们把展馆形象、结构、面积等做了拍照留存，以便回去建烈士展馆时借鉴。

纪录片初步拍好，经过讨论与推敲，正式定名为《重托》，时间压缩为12分钟，剪辑、配音、配乐、制作完成后，我们将《重托》送去参加全国优秀红色微电影评奖，获得了优秀奖。

特作词一首以记之：

发奋少年有志才。振兴华夏是胸怀。忠诚至上誉清白。
无惧刺刀穿骨肉。有情山岭伴魂骸。青松相映杜鹃开。

工山镇苏拓夫烈士陵园落成记

射的山之西，马仁寺之东，中有猫耳山，对望太阳岭。清晨，朝霞灿烂，竹树苍苍；傍晚，夕阳熔金，岚峰淡淡。山不高而玲珑，林不深而雅秀，称誉形胜之地，得此安放烈士忠骸，实乃青山有幸。

忆昔百年之前，神州风雨飘摇，列强欺侮蹂躏，百姓水深火热，华夏亟待重振雄风。西学东渐，民主与科学，文化与政治，特别是马克思主义传播到中国，中国共产党组织应时而生，多少仁人志士挺身而起，只为民族复兴，苏拓夫就是其中的杰出代表。

苏拓夫1926年进武汉中央农民运动讲习所学习，追求真理，认识世界；1928年入党并回乡参加创建桐城县党组织，任中共浮山区委委员，宣传革命，多次遇险，但他信仰坚定，初心不改。1939年他到繁昌，深入敌后，发动群众，组建了两支武装游击队，打击日寇。1940年他率队救护新四军伤员，在前线被炮弹炸伤，留下了终身残疾。1942年他在繁昌开会，被敌人发现而被捕，腿上被戳了三刀，耳朵被割下一大半挂在脸颊上，他浑身是血，不哼一声，但是看到被捆绑的群众，喝道："一人做事一人当，我是新四军，我是共产党！与他们无关！"最后关头，他想到的是群众，关心的是群众。

苏拓夫被押到泾县，威逼利诱无果，严刑拷打不惧，当组织设法派人去探监时，他用隐语告诉来人："请母亲大人保重，我不能回去对她尽孝了！"表达了赴死的决心。1942年7月11日，敌人将遍体鳞伤、不能站立的苏拓夫抬到南陵县八都何村行刑，意在威吓八都何根据地的人。苏拓夫高呼："抗战必胜！人民必胜！中国共产党万岁！"声音响彻了山谷，震动了大地。

苏拓夫被害，天空突然下起了大雨，当地人说那是苍天在落泪，地下党与革命群众撬下自家的楼板，做了棺材，将其安葬在屋塘冲。1964年将其移至猫耳山。1996建成烈士墓碑，在四周种植了花草树木。2021年，有关部门决定重建苏拓夫烈士陵园。2022年清明节前夕，新的烈士陵园建成。

踏上新烈士陵园的第一层平台，迎面照壁上是人民解放军百万雄师过大江的浮雕，使人联想到那千军万马波澜壮阔的场景：打过长江去，解放全中国。从左边台阶往上走，中间是一泓清水，水边伫立太湖石一方，上书"洗心池"3个大字，这里是第二个平台。上了第三个平台，两边照壁上雕刻着文献资料，右边是"沧海横流，青山作证"大字及"工山镇革命斗争史简介"大块文章，左边是"苏拓夫"烈士介绍。到了第四个平台，最高处是苏拓夫烈士的圆形墓冢。墓冢里还葬有另外两位烈士的遗骸：一位是新四军三支队战士李景波烈士，牺牲于1940年；另一位是人民解放军渡江侦察大队副中队长陈宝林烈士，牺牲于1948年。两位烈士加上苏拓夫烈士都在跃进村内牺牲，故而合葬。墓碑上楣雕刻红色五角星一枚，碑文竖书"革命烈士苏拓夫之墓"。左边照壁上刻着"一个有希望的民族不能没有英雄，一个有前途的国家不能没有先锋，包括抗战英雄在内的英雄，都是中华民族的脊梁，他们的精神都是激励我们前行的强大力量"。右边照壁上，刻着新四军军歌歌词："千百次抗争，风雪饥寒，千万里转战，穷山野营……为了社会幸福，为了民族生存……东进！东进！我们是铁的新四军！"苏拓夫是这千千万万革命者中的一员，是铁的新四军战士的一员！墓冢后山照壁上是一幅近20米长的题为"红色记忆"的大型浮雕，表现主题是：红色基因代代延续，红色记忆口口相传。

我们脱帽向烈士纪念碑鞠躬致礼。陵园里松柏苍苍，田野上禾苗青青，想那风雨如晦的昔日，看这生机勃勃的今朝。风拂绿叶簌簌作响，如同烈士在嘱托后人：不忘初心，为人民谋幸福。

作诗一首以记之：

郁郁青松气势昂，红花娇艳漫播香。
列强开炮犯华夏，志士投身保故邦。
发轫浮山经险阻，求知武汉阅沧桑。
已成伟业垂青史，接力前行路正长。

红花翠筱板子矶

八月下旬，我应邀去繁昌荻港板子矶一游。板子矶突兀江流，怪石嶙峋，竹树青翠，是风景名胜之地；它雄视江面，吴楚之锁，陈兵布防，更是军事要塞之处。板子矶与马鞍山采石矶、南京燕子矶、岳阳城陵矶并称“长江四大名矶”，居“长江二十四矶”之首。

从南岸渡口乘船过渡，一眼望去，就能看见建在板子矶石壁上的层楼顶端栏杆上的红字“渡江战役第一船登陆点”，还有3个大字“板子矶”，字遒劲有力，与坚硬的矶石、浩荡的江水相映照，气势非凡。船靠矶，映入眼帘的是矶岛地形明显分为两块，分界线是中行线大道。道南近岸百余亩皆平坦，地上红花正艳，垂柳秀气，中间立了一尊几十米高的银灰色钢铁雕塑，呈风帆形，这是当年渡江战役解放军万船齐发的象征与符号，一下子彰显了金戈铁马的气势。道北是板子矶主景区，拾级而上，先到依山石而建的渡江战役纪念馆，馆内有当年渡江战役时战士们使用过的枪械、电台及渡江的木船木桡等。馆内还有播放电影《渡江侦察记》的影厅，当年拍摄这部电影时许多外景都是在这儿完成的，因为当年渡江侦察就在这儿。这一带渡江作战的是三野9兵团27军79师，从荻港到鲁港几个小时便被我军突破，这里有我军英勇作战的照片。登上山顶，就能看到黄公阁。黄公阁是清代嘉庆年间繁昌知县洪占鳌为纪念明朝著名将领黄得功而建造的。黄得功是晚明四大总兵之一，忠于明朝，扼守荻港板子矶一带。明末弘光皇帝朱由崧从南京逃到芜湖，逃到黄得功的战船上。清军追到板子矶，黄得功率兵抗击，激战中咽喉中箭。黄得功见事已无望，拔箭出来复用箭刺入咽喉而亡。清初诗人张养重临板子矶，题《板子矶》一诗曰：

荻港东边板子矶，秋高日见雨霏霏。
荒城草长埋金镞，废垒沙深卧铁衣。
山上群鸦迎客舞，江边孤雁背人飞。
晚来风起波涛阔，疑是将军战马归。

清初孔尚任将黄得功事写入名剧《桃花扇》。这些都是对英雄的歌颂，表达了人们的一种情怀。

再往北前行，有一棵古银杏树，高20多米，直径约2米，据说已有500年了，2013年遭雷劈而成两半，次年又长得枝繁叶茂，如今依稀可见中间两半黑乎乎的炭化痕迹。老树虽中间已空，上端却还连在一起，郁郁青青，满树淡黄色的银杏果子，缀得可爱，为板子矶平添了几分情趣与活力。

古银杏的对面，是鹊起庵。明万历年间，繁昌知县邓一儒因矶濒临鹊江，故名为鹊起矶，矶上之庵自然称鹊起庵了。庵内门前滴水棚檐下尚有神话故事人物木雕像。

往北再走几步，是板子矶最高处，“渡江战役第一船登陆点”纪念碑便立在这儿。碑上金色的大字在夕照下熠熠生辉。放眼北面，便是万里长江，江水浩荡，一泻而去。对岸是无为县，堤树迷离，村庄隐隐，当年便是勇士们待命驾舟过江的基地，“打过长江去，解放全中国”便从那里开始。

历史风云浩荡，板子矶虽小却雄视千古，经历多少次血与火的洗礼。战国时，吴楚在此地有“鹊岸之战”；三国时，这儿是东吴要塞，孙权在这里布兵抵抗曹魏；南宋时，这里是抗金江防前线；明清荻港之战，黄得功将军殉国，主战场就在板子矶。等到人民解放军百万雄师横渡长江，才真正开创了历史新篇章，其威武壮阔是亘古未有的，板子矶是幸运的，它在人民解放战争史册上留下了浓墨重彩的一笔。

登高远望，胸怀激荡，特赋诗一首：

获花摇曳浅沙旁，板子矶头雾气茫。
陕北曾听军号响，江南又看战旗扬。
黄公阁畔伴银杏，纪念碑前拥翠篁。
勇士英名千古在，青山绿水写新章。

再往后面走，便是镇风塔。镇风塔又称明塔，是明代万历年间繁昌知县邓一儒主建。塔有四门三额，额上有题词，一题“砥柱大观”，一题“天峰耸秀”，一题“学海回澜”，原为七层，现存二层，塔上满是杂树藤蔓，已不可登临。塔内埋有宝藏。2007年某夜，几个盗贼到塔内挖宝，被守矶的老人发现，老人凭着自己的勇敢与智慧，赶走了这群盗贼。次日，上报繁昌文物局，他们来进行保护性发掘，取出了三尊铜质鎏金佛像，以及玉器、瓷器、铜器、珍珠等诸多珍宝，共二十二件。老人夜斗盗贼保护文物的事受到大家赞扬，还被电视台报道了。

下山，路北临江。近处，一条条纵横交错的旧战壕蜿蜒着；远处，大江縠绉轻漾，矶上红花艳艳，石间翠竹娟娟。宋人张舜民写有《板子矶》：

石上红花低照水，山头翠筱细含烟。
天生一本徐熙画，只欠鹧鸪相对眠。

下到矶北边，沿临江廊道而行。朋友介绍：2020年长江的洪水，使荻港段长江大堤超警戒水位1.85米，我们现在站在这儿，当时水位高出我们头顶有30多厘米。板子矶西边一段环江廊道一夜间被巨浪冲垮了，冲垮掉的廊道位置只能往后移，是补不起来的。所谓矶，就是岩石构成的小岛，如果没有那么硬的基质，能在江水中浸泡，能经受得住江浪冲击，能是“中流砥柱”吗？

防汛期间，荻港镇的干部群众严阵以待，党委政府领导班子、工作人员都在最危险最艰苦的地方坚守着，汛情严重时，没睡过一个好觉，没洗过一回澡。当时，我军部队驻在江堤旁边，随时待命，保卫人民生命财产安全。

向板子矶英雄们致敬！

第五编

追思母亲

95岁的母亲去世了。

母亲出身于农村一个小康人家，为中农。外祖父大约有些文化，给母亲起名“佩兰”，应是取自屈原《离骚》里“扈江离与辟芷兮，纫秋兰以为佩”的诗意，寄托了对她的希望与赞美。后来母亲在大队办身份证时误将“佩兰”写成“培兰”，像教师的名字，但母亲其实是个农民。

母亲住在村子里几十年，从未与别人红过脸，这恐怕是她自己都不知道的养生之道。老人家身体一直都很好，极少吃药，只是因沙眼而搽点眼药水而已。她80多岁还在老家种菜砍柴，把劳动当作锻炼身体，种出的瓜果蔬菜让我们去采摘，她感觉舒心。后来我们接她到小区居住，好说歹说才把她哄了过来，她不愿离开农村的土地。

老人家一人独居了几十年，到小区她还坚持要一人单过，说是不想给我们添麻烦，她也自在些。小区里要使用燃气、自来水、电饭煲等等，我们教她使用，她学得快，用得好，几次下来，她说：“都会用了，不要再说了。”当时她已经85岁。我们给她买了手机，她学会后，也能打电话与我们聊几句，但她不多讲，舍不得钱，又怕打扰别人，当需要买什么或者什么东西开关不灵了需要维修时才打电话给我，我离她住处近，只有300米。

母亲在阳光小区无菜地可种，便天天在家洗衣物、擦窗子、拖地板，闲不住，不让她做，她偏要做。在一次洗拖把时，不幸跌断了腿骨，治疗后，她便不能走路了。经过商量，我们把她全托给小区里的一家养老机构，离我家仅200米远，可随时去看她。

母亲能随遇而安，住进养老院后，上至院长，下到护工、门卫，相处融洽，他们一来，她就高兴，总让我们拿出零食给他们吃，他们不吃，老人家会说："嫌弃我脏？这都是塑料袋封装的，我又没打开过。"有些失落。以前，春节时亲友拜年，母亲对我大舅的女婿赵雷印象最好，他是南陵中学教师，每次去时都陪老太太聊上几句，还吃掉老太太煮的两个五香蛋，老太太很开心，说赵雷小伙子是个中学老师还不嫌弃她。

最后两年，每次我去看她，她说的最多的是："你要少喝点酒，周家有祖传的高血压病。"我笑着说："是的，是的，我知道，我祖父只活到50岁，父亲活到60岁，我已活了70岁，争取向100岁努力！是你给我们带来了长寿基因，感谢你呀！"说到晚辈来看望她，她便赞扬："你孙子长得真漂亮，你南京的孙女、孙子，他们照片都给我看过了，个个漂亮！"我接着她话说："是您重孙子、重孙女。漂亮还得要有本事，光漂亮不行呢。"她笑了起来。

最后一个月，母亲躺在床上，我给她喂水，她努力地把头仰起，嘴唇作噘凑状，积极地配合着。去世前一天，她眼睛睁不开了，头仰不动，只有嘴巴还能张一点。我思索着：我们将来也会这样吗，这个时候，自己还能知道痛苦吗……

母亲去世时，连下两天大雨，气温下降，春寒料峭。出殡时，天色大晴，风和日丽，山川明耀，道路清爽，有"东风知我欲山行，吹断檐间积雨声"之感觉。原来我们担心送老太太上山，风雨不停，现在一切皆好。

作《追思母亲》诗，愿母亲大人安息！

寒风料峭惊雷至，往事悠悠入眼来。
春种挥锄流汗水，秋收打场冒尘埃。
一生沉静与云淡，百岁真诚同雪皑。
唯愿子孙皆俊秀，天堂闻此乐心怀。

杨柳春光长相忆

——追思亡妻张惠兰女士

清明节刚过，朋友约我去九连乡五连村办事。那儿是亡妻张惠兰女士的老家，她于2009年去世，至今已经10多年了。那是我一直想去又不忍去的地方。

到了她曾经居住的张家村，她老家原来的房子早已没有了，原宅基地上已经盖起了新楼房，唯有门前那个大水塘依旧一塘碧水，塘埂上的杨柳树长得俊秀，嫩叶青翠，枝条飘逸。

50多年前的这个时候，惠兰十五六岁，扎着小辫子，穿着红夹袄，在这开满油菜花的田埂上，在杨柳招展的水塘畔，在春阳中，拎着篮子挑猪菜，什么兜兜菜、剪子股、棉花头……满满拎回一大篮子，到家先扔几把进猪圈，猪摇头摆尾地抢着吃……房屋前面的田里是一片红花草，学名叫紫云英，花开连片，气势如海，春耕要把它犁翻，埋进土层里作基肥。惠兰便提前把红花草嫩头割下挑回家，放在锅里煮熟了，再放进大缸里装好压实，储备着给猪吃，里面放点盐，猪可以吃一个多月也不会坏。

做秧田时，惠兰帮着父亲平整田畦，捞沟、撒灰、经过沉淀后，撒上已催芽待发的水稻种子，惠兰会在两畦之间的浅沟里插上从杨柳树上折下的缀满花苞的柳枝，一是作为畦沟的标志，二是一种心愿，愿种子发芽成长如柳枝一样青翠繁茂，能早日分插到大田里去。当然，插秧现在大多改为一次性抛种或抛秧了。惠兰常常弄得一身斑斑点点的泥巴，农家女儿就是这样风雨里去，泥巴中来。

眼前塘里的残荷老叶虽还在风中摇曳，旁边的新荷在泥中已出水，小荷已露尖尖角。到了夏天时，荷叶长齐，莲花盛开，满野飘香，惠兰会坐着腰子盆去塘里采莲蓬，小盆在荷叶荷花之间穿行，一会儿人与盆都看不见了——已入莲花深处，她父母不放心，便站在田埂上大声喊着她，她在荷花深处应答着说马上出来。中秋节，正是菱角成熟的季节，惠兰划着盆在水中飞快地摘着菱角，成熟的菱角用手轻轻一掐便摘下，没成熟的嫩菱角，生的吃着香甜可口。第二天半夜煮好头一天摘的菱角，天未亮动身，惠兰挑着几十斤菱角，走20多里路到县城去卖，她父亲担心小姑娘起早天黑，便送她到九连乡的下朱村，到了那儿就上了大路，赶早去县城的人多，也就不害怕了。然后惠兰便一人上街去卖菱角，中午回到家，还在街上买了些家里生活日用品。

当时到五连村这条路很难走，全是烂泥巴，下雨路滑，泥巴沾脚上甩都甩不掉，雨下过好几天路都不干，从我家给惠兰家送点东西，用板车只能运到下朱村，后面到她家还有四五里路，要靠手提肩挑。记得1970年某天，我给她家送做燃料的大糠，用板车拖了十六包，中午到了下朱村，我、惠兰及她父亲，我们三个人，挑了一下午才完成。惠兰年龄小、气力弱些，我们一趟挑两包，她一趟挑一包半，确实能吃苦，衣服湿透了，但她一趟也不落下。

就是在这房子门口的晒场上，惠兰趁着晴天把稻草放开晒，然后下午开始扎“草格纠”（这是土话，就是把稻草绕成一个个草把子，再一捆捆地捆好，堆放在家中厨房里或是架在屋内阁梁上），要连续扎好几天，贮存好，做冬天下雨下雪时烧饭烧菜用的燃料。这活儿很脏，几个小时下来，人脸上一层灰，鼻孔都成黑色了，农村那时也不兴戴口罩，就在头上扎一条毛巾。

还记得惠兰家蒸米面的事。先把米淘干净，用水泡了磨成水粉，开始蒸，舀一勺子水粉放在铁制的米面盘里，蒸熟取出，晾晒在晒场上搭的竹竿上，一张又一张，重复着这个程序。待晾晒的米面皮呈半干半湿状态，便卷成几叠，用刀切成面条状，太干了一切就碎，太湿了一切就黏住了，再晒干后就是真正的米面了，可做菜，可做饭，尤其是放在汤汁里，美味可口。惠兰就喜欢做这米面，她一会儿在厨房里蒸煮，一会儿去晒场上晾晒，忙得不亦乐乎。米面晒干了，总送些给我家，惠兰还再三嘱咐我要小心轻放，不能挤压，否则弄断了，至今我还记得她叮嘱我时的神态。

晴天下田地，雨天学针线，惠兰父母很严格，冬闲农事少，女孩须在家做家务、做针线，不准出去串门。先学做鞋子，纳鞋底，就是过去人们所说的千层底。先是备料，把家里平时破旧不能再穿的衣服、不能再用的旧床单洗净，破的部分裁去，好点的留下，一片片铺平理正，这叫衬布，一层层把衬布铺在鞋底上，上面一层用新布做面子，用麻线一针针密密地纳结实，鞋底就纳好了。再就是天晴时用糨糊在门板上把一层层衬布糊起来，晒干揭下，剪成鞋帮子，鞋帮子上蒙一层新布，叫鞋面布，再把鞋底与鞋面用麻线连缀起来，这叫上鞋子，连好了的就是成品鞋子了，有人还用木头楦子给新鞋定型。这样的做鞋程序与技术，惠兰非常熟练，我就是经常看到她做，才熟悉的。惠兰每逢空闲或是冬天雨雪之时都在做鞋子，或说她一生都在做鞋子，结婚时她还带了好多双鞋子到我家来。2009年她去世后，我们还找到她做的拖鞋、单鞋、棉鞋几十双，还有两大袋子码放得整整齐齐的衬布，鞋子送给亲戚了，衬布烧了。她在那个世界还要用旧衬布来填鞋底吗？现在的人早已不再做那种鞋、不穿那种鞋了。

惠兰嫁到我们家后，缝被套、补衣服、做鞋子，还有一些夏天衣服及小孩衣服，她都自己做。后来我们买了一台缝纫机，她很高兴，说就喜欢在缝纫机上做衣服的感觉。

惠兰冬闲还有一个学习内容，那就是烧菜做饭，说好听点，叫厨艺，结婚前两年，她家来了客人，她母亲便让她学着操作。到了我们家，她已是熟练工了，来几个客人时她会做点家常菜，朋友们都称赞她菜做得味道好，后来村上邻居家娶亲做寿，或是老了人，办个三五桌饭菜，请她掌勺，她都热心帮忙。记得村上一位老生产队长生病，我和惠兰看望他，他拄着拐棍说："我死了办饭，惠兰啦，你要给我帮忙3天。"几个月后老队长去世，惠兰如约给他家帮忙搞后勤，从开始到结束。

就在塘边柳树下，大约是1979年，惠兰带着小儿文峰回娘家住了几天，我来接她回家，她迎出来说：“吓死人的，你怎么到今天才来！”原来是文峰突发高烧，昏迷，并有抽搐之状，大家束手无策，那时又无电话又无车。幸好惠兰堂哥是村医，文峰得到及时治疗，才慢慢恢复正常。惠兰说当时急着想送县城医院，但又去不了，全家急得饭也吃不下。就在刚才，我到那位堂兄医生家看望了他，把我的新作《春谷松风》送给了他，又说到了当年给小儿文峰看病的事，再次感谢他。

1972年1月23日，腊八，传统的婚娶之日，是我们结婚的日子。婚帖上说是“于归之日”，“归”是“回”的意思，大概是说女人到了婆家才是真正回到了自己的家，惠兰回到了我们共同的家，回到冥冥之中早就注定了的家。

按当地风俗，发嫁之时，是在晚宴之后，那时天全黑了，这样，女人回头也看不见自家的房舍，看不见生活过的村庄，看不到生她养她的故乡，到了婆家便不再想家了。惠兰家为了方便我家办事，中午就发嫁了，因为她家距离我家有四十多里路，那时又无车，全靠走，我在县城等她，下午我们到五里乡政府领取了结婚证。我们回来途中经过邻村时，被一帮小青年拦在路上要看新娘子，要放鞭炮，要喜糖，这都是乡俗，为的是增加喜庆气氛。直到晚上六点我们才到家，火炮一响，电光闪烁，小孩子们早等得着急，大喊：“放火炮了！新娘子到了！吃饭啰！”

我还在默默沉思着，回想着，陪我一道的堂兄说：“前面水中央那块小墩子，惠兰家原来的菜园，这么多年已被水浪洗刷得比原来小多了，边上原来的杨柳树已枯死，这大多是以后栽的了。”是的，岁月流逝，光阴荏苒，很多事物被淡化被销蚀，其痕迹却在人们心中被记住被留下，这便是怀旧。宋代韩缪《浪淘沙·莫上玉楼看》说：“相逢只有梦魂间，可奈梦随春漏短……”

我默默地告诉惠兰：我们的老家已拆迁了，现住在原来去沈亭村的路口上，南铜路的旁边——阳光小区；静文在南京，文峰在南陵，都生活得很好；你姐姐在马鞍山也很好，你的堂兄堂妹老表们我们都有联系，请你放心，我会去看望他们的——那是你娘家的根脉；你的侄子考大学、结婚时，他们家都邀请我去参加；从我们家到你五连老家的公路早已贯通，有公交车，几十分钟就能到，不像过去要走大半天；现在做田不像过去那么劳累了，很多田都给种田大户承包了……哦，你堂兄催我去他家吃中饭了，不说了。

作《张村悼亡》诗一首：

淑气晴光染绿萍，花开四野紫云英。
青荷有意留珠露，碧水无尘映画屏。
老柳亦知昔日事，新楼不解故人情。
曾经岁月长相忆，白首怀君天上逢。

一枝能否寄泉台

——追忆项兴甫君

“一枝能否寄泉台”是我2020年写的《浣溪沙·又登大工山忆项兴甫君》中一句。2020年，我与几个朋友登临大工山，说到2012年我们与项兴甫君同登大工山之事，想起王维《九月九日忆山东兄弟》诗句“遍插茱萸少一人”，颇有那种感觉，抚今思昔，写下了“郁郁青青茶草在。红红火火杜鹃开。一枝能否寄泉台”的句子，表达追思之情。

兴甫君已于2019年12月因病去世，今年清明快要到了，自然又想起了2012年清明时节我们与他同登大工山之事。那天早上下起了小雨，出发前我打电话问兴甫君：“这个天下着小雨，还去不去？”他答道：“这个季节就这个天气，哪有不去之理！”我们一行六人，驱车直奔大工山脚下的龙池庵，这里是南陵十大美景之一“龙池布雨”之地。兴甫君是本地人，谈古说今，兴致勃勃。我们沿着大工山东南山麓向上攀登，雨下大了，众人畏难，兴甫君大声说：“别怕，一会儿雨就过去了，山里雨是一阵阵的，我带头！”说罢，他快步向前，攀草拨刺，一会儿就领先我们一大截，又采下一大把鲜艳的映山红分送给大家。他幽默地说：“给你们登山英雄献花啦，还不努力快上！”兴甫君说，他小时候上大工山割牛草，下山背着几十斤青草，仍是健步如飞——急着赶回家吃饭。雨停了，山中雾气弥漫，能见度低，我们都摔了几跤，样子狼狈，但终于上了山顶，浓浓的雾气尽在脚下流荡，南陵十景之一“工山削翠”就在眼前。衣湿气寒，赶紧下山，到兴甫君安排之处进餐。兴甫君说："你们登大工山，到我家乡来了，欢迎你们，敬你们一杯酒，驱驱寒。你们衣服都湿了，赶紧多喝几杯。"说罢一饮而尽。我们都累坏了，唯他余勇可贾。

我是1989年与兴甫君相识的，他调至工山乡任书记，我调至工山乡任宣传干事，他是我的领导，但他不摆架子，为人谦和。有一次乡里开会，他从县里回来带领大家学习一份刚到的文件，他可能事前未及时阅看，待念到中间出现一个生字，他把文件往我面前一推，说："周老师，你来读，这个字我还不认识，你再讲讲是什么意思。"还好，正巧我还认得，不然会尴尬的。

当时，我的爱人在农村务农，家里有几亩责任田，有一次我向兴甫书记请假，说我爱人惠兰让我回家栽一天秧，她一个人干不了，两个小孩都在读书，忙不过来。兴甫书记对我说："你上午参加会议，下午我与联防队长王德发2个人，加上你3个人，到你家栽秧，把你今天的任务完成。上午让你爱人惠兰把秧拔够了，准备好就行。"下午，他俩到我家帮忙，兴甫书记干农活内行，秧栽得又快又好，太阳落山之前，一亩多田我们3人就栽完了。

双季晚稻我家收了3000多斤，惠兰很高兴，但又发愁稻子不好卖，正好我看见乡政府边上一个大米厂有收购广告，价格很好，便与厂家联系好了，请拖拉机把稻子拖去了。不料，大米厂收了稻子，很久都未付钱，让我们去第三方那儿讨债，因为第三方欠大米厂的钱，第三方那儿我们也去了，要不到钱，他们双方有纠纷，这下麻烦了。我找到兴甫书记，请他帮忙，他说："把你稻子要回来，别再跟他们搞了。"又笑笑说："你呀！教书先生，还不懂江湖生意事。"过了两天，兴甫书记帮我们把稻子要了回来，有惊无险，那是惠兰一年的收入呀！

1990年工山区调我去任秘书，兴甫书记找我谈话："你才到乡政府不到两年，刚刚熟悉了工作，干得不错，与大家相处得也很好，我想留你在乡政府，但区里领导要你去，我只得忍痛割爱了。"他送我一个笔记本，扉页上写着马克思的名言："在科学上没有平坦的大道，只有不畏劳苦沿着陡峭山路攀登的人，才有希望达到光辉顶点。"字体刚劲有力，笔记本至今还在。第二天晚上，兴甫书记在乡政府食堂里请我吃饭，说是告别送行，还有两个同事参加，他举杯对我说："明天你换单位了，今天欢送你。"他说了一些道别的话，大家颇有些不舍，此情此景，我终生难忘。

后来，兴甫书记调入县老干部局任职，我们来往要少些。2003年一天晚上下班，我去儿子家，爱人惠兰那天是50岁生日，家里人要在一起吃顿饭，正好在街上遇见兴甫书记，便邀他参加我爱人惠兰生日聚会，他欣然而来。

退休后，兴甫书记专心练习书法。字如其人，他的行书，遒劲有力，行云流水，豪气豁达。他曾送我一幅他的书法作品，写的是苏轼《临江仙》："……长恨此身非我有，何时忘却营营。夜阑风静縠纹平。小舟从此逝，江海寄余生。"平静、飘逸、超脱，透出些许悲壮与无奈，因为他退休后办了个企业，遇到了挫折与困难。

一年多以后，兴甫先生去世，当天晚上，他儿子打电话给我说："我父亲去世了，他生前交代要打电话告诉你一下。"我很感动，这是他对我的信任，到那个时候还记得我；我又惭愧了，他在遭遇困顿时，我为他所做的事太少。

我们几个朋友，一路陪伴着项兴甫君的灵柩，一直护送到他戴汇老家的山上，魂归故里。

前后作词二首，追忆项兴甫君：

鹧鸪天·追思项兴甫先生

相遇工山壮岁时，项君意气故人知。举杯豪爽胸怀阔，理事清明尺度宜。
游牯岭，访琴溪，共临幽壑觅兰芝。老来困顿精神在，秉笔闲书苏子词。

浣溪沙·又登大工山忆项兴甫君

今又登临岭上来。吟诗长啸阅千垓。天风吹动净尘埃。
郁郁青青茶草在。红红火火杜鹃开。一枝能否寄泉台。

追思汪治农先生

汪先生是本地人，住在我的邻村，1985年去世，时年85岁。他是个木匠师傅，手艺非常好，我们那一带需请木匠干活的，都争着请他做，以请到他为荣，要早早向他预约，不然请不到。

1958年，农村大队把手艺人编成一个个施工队组，统一派活，统一付酬，汪先生在木工组，木工组就在我们村子里。1962年，我上小学六年级，周六下午回家常到木工组车间玩，木匠在修理农具，工具箱上放着一本书，我轻手轻脚走过去，拿起来一看，书名是《晋阳秋》，便翻看起来，越看越有劲。“这书好看吗？我们歇工回家去了，这门要锁了，喜欢看这书，你带回家看吧，我每天中午休息时看看，也没看完。”汪先生说。“谢谢您，书是您自己的吗?”我不知深浅地问，他笑着点点头。那是我第一次认识汪先生，他比我长了30多岁，我称他汪伯伯。过了几天，我把《晋阳秋》还给他，发现他在看《苦菜花》，我也想看，但不好意思开口，他看出来了，微笑着说：“我每天只是中午休息时看一下，看的速度慢，你把这《苦菜花》拿去看，我来看那本《晋阳秋》。”他幽默地补了一句：“我跟你后面看。”后来知道，汪先生喜欢读书，虽然只上了两年私塾，但他善于自学，渐学渐长，像鲁迅、巴金等名家的著作，他都读了不少，算是文学青年了。解放后，像《林海雪原》《青春之歌》《野火春风斗古城》《红旗谱》《迎春花》《烈火金钢》等等，他都读过，且买下收藏，也借给别人看。他上县城，一是去买木工工具，二就是去新华书店买书，看到一些史书、文学书、流行读物都会买下，弄得家里人不高兴，因为买书花去了不少钱，又挣不来钱。汪先生喜欢书，喜欢与读书人交谈，我有事没事也喜欢去他的木工组，他边干活边与我聊天。他是有文字学问又有社会学问的中年人，而我是个十几岁的初中学生，他经常教导我。有一次，村上一黄姓人家添了小孩，想请汪先生给取个名字。黄家人说："我们姓黄的人取名不易，黄字在前，后面叫什么有意义的名字都黄了，总不能叫黄金、黄牛吧。"汪先生接道："那就叫黄复青吧，黄了再青嘛！"汪先生还向我说："什么人，什么身份，就起什么名字。像我，务农为生，古书上有'治本于农，务善稼穑'。"我没读过那古文，当时我半懂不懂，只知道汪先生叫汪治农。

我们村在南边修了一个水库，村北是高岗梯田，欲把上游水库里的水，从村中一低洼处埋管道送到北面梯田，这水路便成了"U"形，水能流过去吗？还有就是，县水利局分配了一个控制水库涵管放水的启闭机，若装好了，就能站在埂上用拉索控制放水量大小，但是要请县里来安装，又费事又费钱。就这么两件事，生产队开会一致同意请汪治农先生来做"总工程师"，大家相信他能干好这件事，他工钱就两元一天，很划算。

汪先生爱动头脑，平日对木匠使用的传统工具，对老式的家具、农具的制作，他都有许多方面的改革与创新。他做的水车，轻便省力，汲水量大，易维修。他做的铁木铧犁，不钻深，不飘浅，犁土沟清不回渣，轻巧易操作，一直为人们所称道。一个冬日，我正在晒刚洗过的棉鞋，汪先生经过门口，我跟他打招呼，说这千层底棉鞋底洗湿了无法拧水，难干，他笑笑说："我给你做个架子，保证就好晒了，干就快了。"第二天他果然拿来一个晒棉鞋的架子，在一根横杆上用八号铁丝做两个"U"形的、成45°角的框，鞋子套其上，再用一尺长的八号铁丝连起来，成为一个丁字形，丁字钩即挂钩，钩在竹篙子上，鞋底鞋帮都能晒到，自动滤水，晒干的速度大大提高。这东西不起眼，但管用，汪先生去世26年了，这个晒鞋架子我们至今还在用。

汪先生接受了队里指派的两个任务。他把启闭机放在水库埂上反复揣摩(无说明书),发现少了两个部件,到铁匠那儿加工,再用水泥浇铸了配件,水退下时装好,无水压试验通过。一场大雨过后,水库涨水了,启闭机淹入水里,一试用,启闭严合,操作自如。大家纷纷称赞他,他笑了,队里请他吃饭,他很高兴,主动把酒加满杯子,说了句唐诗:“酒盏酌来须满满”,又念了句戏文:“今日痛饮庆功酒”。

接下来,汪先生思考“U”形水渠管道之事。经过反复观察、计算、试验,他说村南水库的地势高于村北高岗,水能流过去,但高低落差不大,且流程较远,有近700米,水流可能很慢。管道水渠建好后,果然如他所言,水能送过去,但流速很慢,那十几亩田,灌溉一次要一两天才行。从那以后村上人便称他为“工程师。”

责任田大包干以后,木工组散了,他便应约到私人家做木工活。主人家见师傅进门,便要买些肉,杀只鸡,这是乡亲们敬重师傅之道。据说他们手艺人有行规,不怎么吃人家荤菜,民间传言“一碗先生两碗匠,三碗四碗不像样”,说教书先生每顿只吃一碗,手艺人每顿不超过两碗。那个年代,农村人一餐能吃三四碗饭,合一斤多米,我向汪先生问及此事,他笑笑说:“农村里苦,来客人才买点肉,小孩都不准上饭桌子,我若吃了,第二天他家又要买,农村困难啦,饭吃两小碗就行了。”

乡邻们后来都称汪先生为老木匠,既是尊称又是专称,他也高兴地接受了。老木匠经常晚上收工回家,家里早有人在等着,有人请他修农具,有人约他打家具,他便拿出个本子查,查看哪天有时间去。还有人扛来了铧犁要调整犁土深浅,有人拿来一根木料请他做扁担,汪先生像医生看病一样分轻重缓急,有的当晚搞好,有的得等两天才能做好,一一安顿好,已是夜里11点了。他常年是这样,家人也习惯了。

汪先生家住在汪家村北端一个水塘边上,塘边一片竹林,洗东西的青石板掩映在竹林里,浣衣人,青石板、竹林、房舍,以及周围的水稻,倒映在碧水中,亦画亦诗,再用碎石铺就一条小径,从家里通向塘边——下雨天无泥巴,也不湿鞋。水塘一侧是菜园,畦宕整齐,丝瓜的黄花,豆角的紫花,韭菜的白花，篱笆上的红牵牛花，各色相间，像是花园。他家的豆角架搭得一样高，扎架的绳子拉得平直，丝瓜架收拾得整齐如伞，花藤满架，蜂来蝶往，分明就是观景园。种菜也有匠心，去过他家的人都这么说。农村的房子当年都是稻草盖的，汪先生家的草房子盖得平整秀气，那房子檐口用剪子剪得一线齐，用竹竿把檐边扎得严严实实，风雨掀不动，室内外每天早上扫得抹得干干净净，他家的人真正做到“黎明即起，洒扫庭除”。

汪先生有一个单独的工作室。一块大凳板是操作台，斧、刨、凿、钻、锯、锤排列有序，犹如展厅。人们有什么小物件需加工维修，都可以拿到这儿让他帮忙做，他若不在家，你亦可用他的工具自己做，当然你得会点木工，无论他做你做，从不收费。

汪先生的脾气总是那样温和平静，但也有个性张扬的时候。1949年，汪先生作为有文化的进步青年，被农会请来当财粮委员，相当于后来村里的会计文书，他干了一年多，辞职而去，原因是有人要汪先生把平日不合规定的开支做假账报销，汪先生坚决反对。那人告诉汪先生：“若不听话，立即撤职回家，成分定为地主，叫你显摆读书人的臭架子！”汪先生一怒，摔门而去，从此自学木工成材，这儿多了个木匠。当然，做假账的那人，多吃多占，欺上瞒下，最后被撤职开除。我姑父是当事人，当时也在大队里工作，他说此事是真。后来我问汪先生可有此事，他淡然一笑道：“都是往事了，眨眼几十年过去了。我现在生活得也很好，就是这个命。”

20世纪70年代，农村人纷纷把草房换成瓦房，我家也于1974年11月开始盖瓦房，早早请了汪先生来指导。盖瓦房，有一重要环节就是檩条要架平，俗称平水。当我家房子工程进行到架檩条、测平水、钉椽子、钉挂瓦条子这些工序完工时，已是下晚5点多，太阳落山了，冬天冷，师傅们纷纷下了墙头，准备吃饭。汪先生在墙头做最后一次巡查，发现后檐第二檩架得不标准，便大喊：“后檐二檩要重架，不平水！”一个瓦工师傅说：“差不了多少，讹不到哪里去，还能凑合，重架要撬椽子、瓦条子，太麻烦。”汪先生火气来了，说：“那是什么话，这是盖房子，不是搭棚子，只住几天，这是多少年的事，明天盖上瓦，以后想搞正，就难多了。”说罢，他带了两个帮手登上墙垛子，他当时约70岁，接着，两个瓦工师傅也上去了，一下子上去了好几个人，干了20多分钟，终于把那根木料调顺方向，弄好下了墙头，天已经黑了。这是我亲眼看到汪先生有个性的一次。

汪先生晚年与我来往较多。他订阅了《科学与生活》期刊，喜欢与我分享或讨论。我订阅的《人物》，每期他都读，他敬佩书中那些为国为民的精英人物、忠诚之士。我们谈诗文，说生活，也聊身边的人和事，我们共同的观点多，也有不同的认识，有争议，但不妨碍我们之间的交流。汪先生常称我是他的“忘年交”，我笑着说：“这忘年交是您老人家培养的。”他七十多岁，我四十多岁，是成人之间的交流了。想起昔年我十几岁，他四十几岁，我俩当时对话的场景，那时我对他说的话，不能全明白，有时他引用些古诗古语，加上他的方言口音，他以为我听懂了，实际我如雾中看山，模糊不清，又有点虚荣，不好意思深问。现常常回忆起与汪先生相处的时光，他身上有文人的清正、农民的质朴，又想到苏轼的两句诗“粗缯大布裹生涯，腹有诗书气自华”，写照汪先生，是很贴切的。

作词一首，追思汪治农先生：

南亩躬耕乐旧庐。满园瓜果半床书。神交贤士不曾孤。

清朗犹如天上月。谦平堪比谷中竹。静心冷眼看荣枯。

桂镇藏灵秀，毛冲有芷兰

——追思汪炎亮先生

桂镇是南陵县城西边的百年老镇，毛冲是桂镇北面的小山冲，汪炎亮先生家就在这山冲里。从桂镇小学开始步行，上一个坡，下一个坡，过一条冲，再上半个坡，约半里路，便到了他家。曲径通幽，竹树掩映，宅院背靠青山，左傍茶园，右依梯田，人来犬吠，客主相携，一幅自然古朴的场景。

汪先生受过良好的私塾教育，学成后一直在桂镇小学任教，历经波折，他积极地、全身心地投入教育教学工作中。他说“老梅亦快逢春，蕴蕾待扬芬”“共当珍晚景，拼搏献余生”，表达了自己的心声。

1990年退休后，汪先生致力于他钟情的古典诗词创作。他的作品投向大江南北，遍布全国各类诗词刊物。每有赛事，汪先生都挥笔投稿，屡屡获奖。他在《抒怀》中说：“余生种墨轩窗下，此乐依稀只自知。”他要表达一种情怀，释放一种寄托，寻找一种境界。

汪先生的诗词，雄浑而清秀，深邃而明快，感情真挚，意境高雅，耐读易懂，雅俗共赏。如“挺拔孤松张凤翼，峥嵘九子戴螺冠”（《九华山留韵》），“后世淡忘怜寂寞，梅溪呜咽吊诗魂”（《奉和程志生老、纪念梅圣俞千秋诞感赋八章之三》），“清凝潭水波呈碧，色灿桃花蕊点黄”（《桃花潭怀李白》），“小姑日日盼郎归，浪拍螺裙不皱眉。亲友迎还含笑问，春光拾得几多回”（《游小姑山》），“新茶入口夸三绝，老窖交杯祝九如”（《过故人庄》），等等。

汪先生是最早参与我省、我市、我县诗词活动的诗人之一，他以自己的学识品德深得大家的尊敬。青年人来请教，史志档案人员前来释疑，他都热心予以帮助。修编《桂山乡志》，他领着两位退休教师，历时两年写成初稿，又用一年时间统稿，再经十多年润色，最终正式付印成书，好评如潮。

汪先生曾与我父亲是同事，又是本地德高望重之人，我当然恭而敬之。2000年以后我开始学写诗，常去看他并带些诗稿请他修改，当着同去朋友的面，他从不说我诗稿修改的情况，常是背后和我说，或是打电话向我说。两三回后，我便向他说："汪先生把我诗稿早改好了，我去时尽可当面赐教。"他说："当众人面给你说教，你脸上不好看，人家还以为我老头子出风头。"我笑道："我不是那种人，能者为师，长者为师，你又是能者，又是长者，找你求教，你我脸上都好看呢！"

汪先生看了我写的一些诗后，他很高兴地对我说："写得不错，你基础好，本来就是中学教师，又肯学，在社会上工作这么多年，又有生活实践，稍加努力，必有成绩。"在汪先生的指教和影响下，我写出了第一本诗文集《亲情》，他作诗褒扬："拜读亲情动感吟，百年往事记分明。"（《〈亲情〉感赋兼谢作者周济贫赠书》）还赠我诗："交作忘年友，时逢盛世唐。"（《周济贫君来访》）我有些诗赠汪先生的，得到他的认可，有些句子他还在下面画了横杠，表示赞许，如"新兰冬去竞抽蕊，老树春回争著花。满目青山无限好，丹心在抱颂中华"（《读汪炎亮〈射的山房雨霁轩唱晚〉呈正》），"严霜擎老叶，清气散新芽。（《汪炎亮老向余索红莲花种》），"种柳的山旁，苍松伴夕阳"（《赠汪炎亮老》），等等。

我的古典诗词集《工山闲吟》刊印前，欲请汪先生写序，汪先生说："写序非我之长，给你写序我当然乐意，只怕是力不从心。"他推荐繁昌诗词学会副会长李幸先生写，说李先生诗词写得好，创作理论水平也好。不久李幸先生赐序。二位先生皆已作古，但他们提携后学之举令我感动。

汪先生有时想买点药，或是生活上需要什么而桂镇买不到，他便打电话让我给代购，我都及时给办好，第一时间送过去。一次，他要买些硫酸铜，化除荷花缸里的青苔，一直买不到，后来我弄到了，他称赞我办事效率高，认真负责。又一次，汪先生看到一本《谈旧录》的出版物，市场买不到，他向我说了，我让儿子在南京帮他找，书店皆没有，儿子后来在网上给下载复印了一本，我送给了汪先生，他很高兴，还专门写了一首诗给我儿子："署签《谈旧录》，蒙赐精神粟。千里客金陵，关怀情亦笃。"(《赠周静文先生》)汪先生的儿子汪克非告诉我说："我父亲让我给他买东西，有时我忘了，他便说，你要不方便我让周济贫给我买了。这不，上周让我给买个闹钟，我忘记了，他又说找你给他买了。"我笑着说："那是他老人家对我信任，你别妒忌哇！"克非也笑了。

汪先生曾说他有生之年想去江西庐山看看，说那是人文之山，趁着现在还能动，再过几年怕是动不了了，当时他82岁。于是，2010年8月，汪先生由孙子汪浩专程陪护，我们一行7人，奔赴庐山。

到了九江，游览琵琶亭，入眼便是毛主席手书《琵琶行》诗碑，汪先生向我们讲白居易创作《琵琶行》背景及经过，又说到唐代李渤、李涉兄弟在此隐居理道，宋代朱熹重建白鹿洞书院，题诗有"莫问无穷庵外事，此心聊与此山盟"(《次卜掌书落成白鹿佳句》)，陶渊明、周敦颐在庐山的活动与创作。

到了庐山植物园陈寅恪唐筼夫妇纪念园，汪先生赞扬陈寅恪先生的人品学识天赋，说陈先生的"独立之精神，自由之思想"是文人之风骨。

经过仙人洞，汪先生吟诵毛主席诗句"天生一个仙人洞，无限风光在险峰"，又讲了吕洞宾与白牡丹的故事，幽默地说："神仙也是既要事业又要生活呢！"

观赏三叠泉，看着冉冉上升的壑中雾气，几乎垂直的飞瀑，汪先生说："你看着眼前，对照李白的'日照香炉生紫烟，遥看瀑布挂前川'便体会到其中的'生'与'挂'二字是何等贴切生动，写诗要炼字的。"

汪先生神交古人，意连当下，这是在给我们"开讲"，我们心领神会。他指着连绵起伏的山峰，又说到了苏轼写庐山的《题西林壁》中"不识庐山真面目，只缘身在此山中"的境界与思想。

我们在庐山总共待了四天，每天早上汪先生都是最先起床，他精神矍铄。游览中我们都爱听他"开讲"，他讲出了历史，讲出了文化，讲出了境界，讲出了精神，眼前的景物得到了升华。

庐山上的这几天与汪先生共处，我们钦佩汪先生渊博的知识。老人家能有这么好的记忆力及理解力，除了天赋之外，应该得益于他少年时代下的苦功和始终不辍的勤奋；我们更钦佩汪先生积极乐观、豁达率真的性格与生活态度。

2015年元月19日下午，我母亲因病住进了县医院，遇见汪先生在楼下病房住院，说是刚进来的，心脏有点不畅。我安顿好母亲后便去汪先生病房看他，看不出汪先生有什么病态，他笑着说："你有事就去忙，不需要陪我的。我已是医院里常客，隔段时间就会来一下，像走亲戚似的——常来常往。来吊几天水就好了。"汪先生仍是那么幽默而开朗。我便想到他儿子克非说：邻里每去世一个老人，特别是比汪先生年龄小一些的，汪先生便掰着手指头说："我又拼下去一个，今年已拼下去五个了。"汪先生这样一直拼到了87岁，就在我和他说话的当天夜里，溘然长逝。县医院病房里他与我的对话，是他留给我最后的影像，可谓有缘。

一词一诗悼念汪炎亮先生：

一剪梅·忆春日之汪炎亮先生家

日丽风和诗意长，芍药含娇，紫燕鸣梁。青山妩媚最传情，老少联吟，满室生香。

晨旦先生驾鹤飏，转瞬难寻，云水苍茫。春来芳草纵然青，物是人非，遥望天堂。

清明之汪炎亮先生墓园

清明色气暄，阡陌野花妍。
桂镇藏灵秀，毛冲有芷兰。
诗魂桃李伴，松岭霭云连。
名利先生淡，开怀乐此间。

追悼周寅生先生

2023年5月24日晚，我打电话给弋江镇中州村书记汪国兵先生，询问周寅生的近况，因为周寅生电话一直打不通，发微信也不回。汪书记说："周寅生已去世三四个月了……"我震惊，手机掉到沙发上，不知是发问还是自语："去世了……"

4月中旬，我有同学从弋江(周寅生家乡)来，我问他可晓得周寅生消息，他说，听人讲周寅生身体很不好，患有几种疾病。我便与陈建新等几个朋友联系，准备约个日子去看看他，谁知道现在听到的竟是他已去世的消息。陈建新也不敢相信，打电话到周寅生的工作单位——溪滩中学询问，证实了周寅生去世的事情。陈建新约我5月26日去弋江中州村，一则到周寅生坟上祭奠，二则看望他家人，谁知26日一天都在下大雨，不能成行，我坐在家里，看着窗外万条雨线，深夜也难以入眠。

周寅生1980年到工山初中任教，教数学。他来了，工山初中数学方面的教学力量就强起来了，当年学校初三学生参加中考，数学成绩就有了很大提高。

我1981年去工山初中工作，教语文，和周寅生是合作伙伴——同教一个班。我是班主任，常听到学生称赞周寅生老师教学态度认真、教学效果显著等。每天放晚学后，都能看到有学生去周寅生房间里解题析难。那时我们没有办公室，教师都在自己房间里办公，那时也无补课之说，不懂就来问。周寅生老师房间的门总是敞开的，他随时欢迎学生去。他和学生们相处非常好，记得1983年我们班开毕业联欢会，请周寅生老师参加，学生们要周寅生老师表演节目，他即兴吹了口琴，大家再三要他唱歌，他推辞不过，便幽默地说："我唱歌不大行，唱倒能唱许多首歌，但只记得前面几句，没有一首歌能唱到头。"他就唱《太阳岛上》，浑厚的男中音很动听，他唱到"我们来到了太阳岛上"中间"来"字处，戛然而止，说："对不起同学们，高一点音区我就唱不上去，年龄大了，像你们这般大时，我唱得是非常好的！"他那时还不到三十岁，同学们大笑起来，继而响起了热烈的掌声。

周寅生聪慧多才，散文和新诗写得很好，有一年学校出元旦特刊，要求教师人人参与，周寅生所写的文章与抒情诗都被评了奖。有一次我和周寅生到一名学生家访问，正好他家堂屋墙上挂着一张"文姬归汉"连环画图，周寅生看着便背出了《胡笳十八拍》中"我生之初尚无为，我生之后汉祚衰……"，讲起了蔡文姬的故事。我有些惊讶地说："周老师，你还能背出来这个，你是学数学的呢。"他笑着说："你就以为你们文科教师懂。我在学校读书时可是文学爱好者呢，不要说这个《胡笳十八拍》，《离骚》我也能来上几段呢。我们数学系同学好几个都成了作家，你知道的，我的同学，现在石铺初中任教，他就是省内外知名大作家，作品多次荣获国家级大奖呢！"我笑着说："别吓我了，他是他，你是你，你就吹吧。"他说的是真的，那个同学我是知道的。玩笑归玩笑，我从心里还是挺佩服周寅生的。几年来，周寅生教的学生参加各类竞赛，多次获得奖项或受到表彰，他本人也多次荣获"优秀教师"称号。

我们家那时喜欢种荸荠，有一天我从家里带些荸荠给周寅生，他很喜欢吃这个东西，并说到我们家荸荠田里挖些带回老家去，因为他们家是弋江之畔沙土地，以种大豆、棉花、烟叶、花生为主，不宜种植荸荠。周六下午，他拎个竹篮到我们家挖荸荠，他眼睛有些近视，干此活也不内行，我们挖了十几斤，他才挖几斤，且挖碎的多，还弄得一身都是泥巴。我笑着说："这活你干得不如我吧。"他不服气地说："我只要挖几次，不会比你差多少，我第一次挖荸荠，达到这个水平已经很不错了。”那天晚上，周寅生在我家住下了，他精选了好几斤荸荠放在他的篮子里，准备第二天带回家，谁知我们家的老鼠与他结了缘，一夜之间，把他精选的荸荠全给吃掉了，第二天清晨我又去田间给他重挖了几斤。

周寅生以后调到蒲桥初中任校长，又调至弋江的溪滩初中——回到了他的家乡，直到退休。他在弋江，我在工山，东西两地，我们来往就少些了。2021年4月18日，县诗词学会应邀去青弋江中州大桥工地采风，准备出个专辑，一到中州村，我就请村里书记联系到了周寅生，共叙别后之情。这之前，我到周寅生家来过两次。一次大约是1985年某天晚上，周寅生家人从中州村打来电话，说周寅生的父亲病重，我和同事连夜骑自行车陪他回去，有六十多里路，夜里两点多钟才到达，所幸他父亲病情转好，并无大碍。另一次大约是2016年，周寅生约几个老朋友到他老家聚会，我和他另一个朋友因事去了泾县，便向他请假，打电话向他再三解释，他坚持要我们上午回程去他家吃中饭，说“迟点到可以，不能不来”。我们从泾县赶到他老家时，已快到下午1点了，他还一直在等待我们，令人感动。

2021年6月4日，周寅生在微信上发两首诗给我，是悼念他一位去世的高中老师和一位高三时早逝的同学，他说他们高三老同学聚会，他想用诗歌来追思这两位，让我润色一下，我说：“你写得很好，不需要加工的。”他笑着说：“找你是信任你，给我改一下，把个关，我放心些。同学会上行家多，你懂吧！”“改好后即发给我”，周寅生补充道。我赶紧弄好发给了他。

周寅生的家乡弋江镇中州村，是南陵县在宣州市的一块飞地，中间隔着青弋江，一直是靠舟船摆渡通行。中州村的企业家吴总捐资千万元，支持政府统筹修造青弋江中州大桥。周寅生打电话告诉我这些事，并说他为建造大桥捐款一万元。对于工薪阶层的他而言，捐一万元也是个大数字了，为家乡的拳拳之心可见。

中州大桥于2021年10月1日举行通车典礼，周寅生打电话给我们，邀我们去参加这个活动，考虑到那天人太多，我们定于2021年10月18日去中州看大桥，也看望一下周寅生。那天天气特别好，艳阳高照，江上大桥横跨，路旁桂子飘香，中州村里的美人蕉怒放，红的、黄的，特别娇艳。周寅生站在村路上迎候我们，笑容满面幽默地说：“听说你们要来中州，我们特地建造了崭新的大桥欢迎你们。”在桥东捐资纪念碑上，我们看到了周寅生捐款一万元的名录，大家称赞，他倒有些腼腆起来，说：“我生病用了不少钱，不然我还可以多捐一点。”站在桥上，迎着江风，我们拍了好几张照片，当时谁也不知道，这竟然是我们和周寅生最后的影像。

周寅生把午餐安排在一处农家乐里，其处香樟掩映，花草满庭院，当地的特色菜肴好看好吃，周寅生满怀喜悦地向我们敬酒，尽显地主之情，他说：“我们从年轻来往到年老，几十年如一日，现在得空要多聚聚，聚一次多一次，聚一次也少一次，欢迎你们常来玩。”此话真是一语成谶，这是周寅生与我们最后一次相聚，他那时已是癌症后期了，医嘱不喝酒，但他那天还是喝了一些酒。这些情况当时我们不太清楚，后来才知道的。我们分别时，他目送车行，频频挥手，说：“下次再来！”

再去之时，他已去世4个月了，我们来迟了。

我们到了中州村周寅生的妹妹周爱珠女士家门口，一下车子，周爱珠女士迎上来便泪流满面，哽咽着说：“寅生哥再也见不到你们了，他在世之日，总说你们这几个同事朋友和他关系最好。”

我们去村外山间墓园祭奠，弯腰鞠躬，想起宋代欧阳修《祭石曼卿文》中“盛衰之理，吾固知其如此，而感念畴昔，悲凉凄怆，不觉临风而陨涕者……”。不远处一江碧水，雄伟的中州大桥，想起去年十月份我们在桥上徜徉，恍如昨日。王维在《哭孟浩然》诗中说：“故人不可见，汉水日东流。”只是我们这儿的江叫“弋水”。

又想到周寅生上次与我们在大桥上拍照的样子。

呜呼寅生，愿你在那儿快乐，没有病痛与烦恼。

作诗一首，谨表哀悼之情：

忽闻噩耗周郎殒，意气如风忆旧年。
三尺讲台传术业，一生心血馈家园。
风追江上碧波漾，日透林间青鸟喧。
隔断红尘君驾鹤，天堂着意采芝兰。

后　记

这本书读完了，前3本也认真拜读，我深有感触。感触到什么程度呢，常常是看了就哭了，哭了又笑了，笑了又含泪。柳宗元在《小石潭记》里说，久坐，而因其境过清，伤怀；依我看，久坐，众感毕至，反倒无感。这本书，对我而言，就起这个效果。

为什么这么说？因为作者就是我的父亲，他经历的事情我知道不少，参与也多，但往事如电车驶过，过去就过去了，拿起书本，旧话重提，难免耳酣心热。并且，童年时我有些不理解的情境，书中做了部分跨时空的解答，对于他对我和弟弟的教育内容与方式，也有了更深理解。理解归理解，赞成归赞成，这是两码事。他敢抓蛇，我不敢，当然我也不赞成自己的孩子抓蛇。他跟我们搞棍棒教育，这有他的历史局限，也有他的高明高效，但我也不赞成，我发过小小的誓言：不打孩子，好好说话。面对大雪压垮教室房顶，他让学生先走，是一个响当当的勇武之人，这我赞成。在灾难面前，要做一个有担当的人，一个有人格的人。

我的父亲，也是我的老师。爷爷和父亲也是这种关系。我们都喜欢舞文弄墨，也都原则上喜欢中庸之道，与其说是传承，不如说是巧合，说明我们有缘分聚在一起。这几年，不常聚，同饮少，回家少，即使歧路沾巾，山川异域，也是父子缘分，弥足珍贵。奶奶过世，我读到父亲纪念她的文中有"我给她喂水，她努力地把头仰起，嘴唇作嘬凑状，积极地配合着”，以及“我们将来也会这样吗”等，大多数人都会看到想到的情景与问题，禁不住叹息一声，埋首无话。老之将至，苦，大家唯有勇敢面对，共同面对。

父亲作为我的老师，就算我这么大年纪，他该指点照指点，该批评照批评，我都谦虚接受；接受了而不能改正，这是我的局限性造成的。近两年，他只说两件事：一是不要喝醉，不能酒驾醉驾，醉驾是要判刑的；二是定期刮胡子。第一条遵守，第二条有时候我也是淘气的，胡子刮得没那么干净，但他的要求，不管正确不正确，我都一一写在纸上、保存在电脑中，这个文件越来越长了。母亲在世时，也是常常教训我的，内容不同，我待会儿说。

先生平实的记录，在我读来都宛如行走高岭深壑，惊心动魄。1990年初建、1998年扩建的房子，先生感觉颇好，在他笔下犹如庄园。那些年正值我十几二十来岁，也是我人生的载体，青春的高地，那里的一草一木，根本忘不了。曙光村的老家，虽然已经被征地拆迁多年。我就像一个小小的斑尾塍鹬，飞得再远，也能记得回去的航线。

我写了一首短句《屋檐》，献给那个由父母开创的我和弟弟加盟的温暖的家：

小时候的屋檐决定了一生的仰望，
那时候布谷鸟尖叫而过，
雨水在夜里不停掉下，
都是在给梦分行。

现在我们都离家出走多年，大家都有一大摊子事情，肩膀都压肿了，不能也不敢再迷恋乡愁。我又写了一首诗献给它，名字叫《故乡》——

我的故乡就是我的两个孩子。
他们的名字念起来也是
同一个地方。

母亲在世时，对我和弟弟要求很严，也对我和弟弟爱得不行，就两个儿子，非常喜欢。先生这本书说得少，我根据回忆写一点，作为补充。

第一件事是我发烧，如果没记错的话，不是弟弟。我记事的年龄相当大，发烧这件事大约在10岁前，是为数不多记得的小时候的事。我就记得母亲彻夜不睡，守着生病的我，那时候医疗条件差，就医意识也差，现在的话当晚就得送医院，省得大人提心吊胆。文峰3岁生病，也有一夜让人揪心的发烧，母亲想必心乱如麻。我现在做了爸爸，才知道当年父母的难处和不易。报恩谈不上，但要记在心里，通过自己的举止一代代传递自己收到的关爱。母亲生我难产，差点死了，生下来后奶水不够，村子里的女人，很多人喂过我奶水，感谢她们的大爱之心。

第二件事是我偷钱，我偷了母亲藏在五斗橱里的五毛钱，当时有很多钱，我的贼胆仅仅只敢拿五毛。拿着钱，我去了学校，过了一个快乐的上午，每个课间我都疯狂地去买拉拉糖，每根2分钱，我吃掉了25根。没给同学吃一口，就是这么自私。母亲也许一直不知道这件事。

第三件事都算不上事，只能说是印象。在我爸的书里，母亲17岁挑运大糠不示弱；她19岁结婚当天，走了40多里的路过来。读完才知道，父母原来也是别人的孩子，也曾经小过、年轻过。我记得，她去采茶，叮嘱我们看家护院；她去稻田，叮嘱我洗碗洗衣服，她总笑着责怪我洗碗洗不干净；她去锄山芋地里的草，翻山芋垄子，叮嘱我在家读书写作业。她是一个平凡的人，可以为下一代付出一切，唯希望孩子过得好一点。每次看到属于她的那块石碑上在山风鸟鸣中微笑的照片，她的眼神仿佛在说：你理解得对啊。

本书付梓，感谢罗光成先生、潘务正先生赐序，感谢钱光东先生题签，感谢出版社领导和编辑的帮助。

周静文

2023年5月